미친 이별

미친 이별

박근호 산문집

ᄃᄋ

차

례

사랑의 형태

이끌린 이후의
다정한 세계

나는 누구를
마중나가고 싶은 것일까

여기까지 올
마음이면 된 거야

사랑의 형태

믿음

이별이라 말할 수 있는 첫 이별은 그랬다. 우리가 어디서 데이트를 하고 무슨 말을 나눴는지는 대부분 기억에서 사라졌지만 이별하던 날만큼은 여전히 선명하다. 사소한 거짓말 때문이었다. 정말 별일도 아니었는데 그녀는 내가 싫어할 거라는 판단에 거짓말을 했고 난 그 사실을 우연히 알게 됐다.

거짓에 가려졌던 진실을 받아들일 수 없어서 이별을 선택한 게 아니다. 연인이 나를 속였다는 사실 자체로 그랬던 것도 아니다. 인간은 조금씩 무언가를 속이기 마련이니까. 때론 스스로도 속이는 게 인간이라는 걸 나는 안다.

진짜 이유는 두 가지다. 하나는 이번 일을 통해 앞으로 그녀를 믿지 못할 게 뻔해서였다. 또다른 이유는 태연함이었다. 이전에 그녀가 거짓말을 할 때는 눈치라도 챘는데 마지막에 나를 속일 땐 어떤 것도 느낄 수가 없었다. 죽은 지 한참 돼서 모든 게 말라버린 나무처럼 아무것도 느껴지지가 않았다. 태연히 웃고 태연히 아니라고 말하던 그녀가 무서워서 이별을 고했다.

한 사람을 떠나보내고 했던 일은 집에만 있는 거였다. 노래를 듣고 글만 썼다. 그러다 숨쉬고 싶어지면 혼자 운동을 하는 게 전부였다. 그렇게 버거워했던 일도 오래전 일이 되었다. 그다음 이별도 사유는 비슷했다. 글쓰기 수업을 하고 있을 때였다. 집에서 저녁을 먹는다는 말에 맛있게 먹으라며 끝나고 연락하겠다는 말로 대화가 끝났다. 아무 일 없이 잘 지내고 있었는데 시간이 흐르고 몰랐던 사실 하나를 알게 됐다. 집에서 저녁을 먹는다던 그날, 전에 만났던 남자친구와 커피를 마셨다는 것이다. 중요했던 건 남자에게서 먼저 연락이 온 것이 아니라 내 연인인 그녀가 먼저 연락을 했다는 것.

혹시 그 사람, 네가 인생에서 가장 사랑했던 사람이야? 아무리 멀어졌어도 언젠가 꼭 한번 보고 싶었던 사람이야? 내 물음에 그녀는 아니라며 고개를 저을 뿐이었다. 난 그녀가 고개를 끄덕인다면 용서하려고 했었다. 내가 그녀의 전부가 될 수 없다는 사실은 잔인했지만, 그럼에도 한 번쯤 얼굴을 보고 싶은 옛사람은 있을 수도 있으니까. 결국 고개를 저었던 그녀를 용서했다. 앞으로 잘하겠다던 그녀의 말 한마디를 믿으며.

그날 이후로 그녀는 내게 매일 사진을 보냈다. 내가 일하고 운동하고 작업할 때면 그녀는 자신이 뭐하고 있는지 하나씩 다 사진을 찍어보냈다. 난 그런 그녀에게 빌고 또 빌었다. 제발, 그러지 마. 이건 믿음이 아니라 고통이야. 믿음은 그렇게 사진을 보내준다고 해서 생기는 게 아니라고. 술에 취하지 않았다는 말이나 집에 도착했다는 사진으로 얻어지는 게 아니라고. 말하지 않아도 적당히 취했을 거라고 믿고 집에 들어가라는 말을 하지 않아도 알아서 잘 들어갈 거라는 생각이 드는 것. 그게 믿음이라고.

몇 개월 더 지속된 연애는 결국 끝이 났다. 한번 금이 간 건 어떻게 붙여도 금이 간 것이다. 얼마큼 균열이 생기느냐가 중요하겠지만, 나에게 믿음은 가장 큰 조각이었다. 몇 번의 이별이 지나가고 사람을 무서워하기 시작했다. 이제 그만하자는 말을 했을 때 울면서 붙잡을 정도로 좋아하면서도 거짓말을 하는 그 모순이 이해가 되지 않았으니까. 사랑이 가진 비이성을 겪으면서 함께 자명해지는 사실도 있었다. 난 믿음 없이 사랑을 할 수 없다는 것. 나에게 있어 가장 중요한 요소는 믿음이라는 것.

여전히 사랑이 어렵다. 어떻게 해야 잘할 수 있는 건지 모르겠지만 믿음만큼은 건재했으면 좋겠다. 어느 하나 안정적인 게 없는 삶에서 외줄을 타다 서로를 만나는 것. 잘 보이겠다며 바지춤에 묻은 먼지를 털고 구김 간 옷을 펴 입고 가도 어쩔 수 없었던 등은 서로의 손길로 매만져주는 것. 사느라, 여기까지 오느라 고생했다고. 떨어져 있는 시간을 잘 보내다 함께 힘들었던 일을 절반으로 나누는 것. 점점 느끼는 건 그런 사랑은 너무 어렵다는 거다.

다만 어딘가에 존재한다고 믿으며 살고 싶다. 나처럼 믿음을 중요하게 여기는 사람이. 나와 같은 기준으로 사랑을 대하는 사람이.

사랑의 또다른 말

청첩장을 주겠다는 친구를 만났다. 결혼에 대한 이야기를 나누다 내가 대뜸 물었다. "어때? 한 사람이랑 같이 산다는 건?" 돌아오는 말은 그랬다. 많은 것을 맞춰가야 한단다. 가령 자기는 화장실에 쓰레기통이 없었던 적이 없는데 아내 될 사람은 한 번도 있었던 적이 없단다. 그렇게 사소한 것부터 거창한 것까지 많은 조율이 필요하다고 했다.

조용히 사랑을 떠올렸다. 사랑이라고 간절히 믿고 싶었던 날과 생애 한 번뿐이었을지도 모를 시간들. 결혼하면 집이라는 물리적 공간에 함께 살게 된다. 하지만 그것이 아닐지라도 사랑을 시작하면 손을 잡는 것뿐만 아니라 마음이라는 집으로 서로를 기꺼이 초대한다. 사랑을 시작한다는 건 때론 한 사람이라는 우주가 내게로 도착하는 것과 비슷하다.

그리하여 함께하게 된 낯선 두 세계는 안쪽과 바깥쪽에서 충돌과 결합을 반복한다. 너무 다르기 때문에 양보해야 할 것도, 때론 너무 똑같기 때문에 겹쳐진 부분을 연하게 만들어야 할 때도 있는 것이다. 혼자 지낼 땐 괜찮더라도 함께할 땐 다툼이 되는 일이 얼마나 많은가. 사랑과 자유가 함께하는 건 불가능에 가깝다. 온전히 내 모습을 그대로 다 보여주면서 만나는 건 자유가 아닌 자연스러움이다. 자연스러움과 사랑은 공존할 수 있겠으나 글쎄, 자유는 다른 영역이다.

돌아보면 한 번도 다툼이 없었던 사랑은 없었다. 한 번도 서로 맞춰가야 할 부분이 없었던 사랑도 없었다. 나와 너무 비슷했던 사람 역시 결국은 양보하고 이해해야 할 일이 가득했으니까. 사랑은 그렇다. 함께하는 것의 아름다움을 위해 서로를 이해하는 데 많은 시간을 사용해야 하는 것. 자유보다 관계를 더 신경쓰는 것. 그럴 의지 없이 덜컥 시작해서는 안 되는 그런 것. 그래서 한 사람을 사랑하겠다는 건 한 생애를 이해하겠다는 것이다.

너를 이해하겠다는 말은 너를 사랑한다는 말이다. 종종 이해는 사랑의 또다른 말로 쓰인다.

303호

1.

그녀를 처음 본 날은 티 없이 맑은 날이었다. 거리를 걸
으면 모든 약점을 들킬 것처럼 온 세상이 환했다. 가을이었
던 만큼 하늘도 공기도 달큼했다. 독서 모임에 나갔다가 우
연히 알게 됐다. 많은 사람이 있었던 건 아니지만 그 사람들
중에서 가장 강한 인상을 심어준 사람이었다. 최근에 본 사
람들 사이에서도 당연히 존재감이 있을 정도로 기억에 남
았다. 그렇다고 그녀가 첫인사에 어떤 행동을 한 건 아니다.
그냥이었다. 그냥.

오히려 첫인상은 이질적이었다. 독서 모임과 거리가 멀어 보였으니까. 주말에 동네를 벗어나 낯선 곳으로 책을 읽으러 갈 것 같은 인상의 사람은 아니었다. 그녀는 물이 어디 있느냐고 묻기보다는 덜컥 냉장고를 열고는 알아서 물을 따라 마시는 사람이었다. 모두가 첫 만남이라 데면데면하고 있을 때 그녀는 혼자 냉장고를 열고 물을 따라 마셨다. 컵이 어디 있는지 묻지도 않았다. 어떤 질문도 없이 모든 걸 스스로 했다. 여행을 많이 다닌 사람처럼. 세상을 깊숙하게 돌아다닌 사람은 그렇지 않은 사람보다 낯선 장소에서 적응을 잘한다. 내 생각처럼 그녀는 여행을 좋아한다며 자신을 소개했다. 조금 더 자신에 대해서 이야기했지만 다른 건 기억이 나지 않는다. 자주 웃었지만 어딘가 슬퍼 보이는 얼굴밖에 느껴지지 않았으니까.

말을 할 땐 언제나 문장이 짧았다. 그 모습은 마치 많은 것을 생각하지 않는 사람처럼 보였다. 보면 볼수록 무언가를 삭제하고 싶어하는 것 같았다. 지워야만, 못 본 척해야만 살아갈 수 있는 사람일지도 모른다는 생각을 첫 만남에 했다. 오만이고 오해고 이해였을지도 모르지만 그랬다. 어쩌면 그녀도 나를 그렇게 생각했을지 모른다. 타인의 눈에는 나 역시 책을 좋아하지 않는 사람으로 보일지도 모르는 일이니까.

죽을지 말지를 고민하던 게 아니라 어떻게 죽을지를 고민하던 시절에 나를 구원해준 건 예술이었다. 음악, 책, 영화 따위. 누군가에게 죽고 싶다고 털어놓아본 적은 없었는데, 나랑 비슷한 감정을 느낀 사람이 만든 작품들을 누리는 것만으로도 며칠은 더 살아갈 수 있었다. 나를 위로해주는 예술을 찾은 보상으로 며칠씩 살아지다보니 지금까지 살아 있다.

우린 몇 번을 더 만나 짧은 이야기를 나누고 같이 책을 읽었다. 일주일에 한 번씩 만나는 날은 생각보다 빨리 찾아왔다. 또한 생각보다 길었다. 무엇을 하며 지냈는지도 모른 채로 지내다 한곳에서 만나는 게 전부. 몇 시간 남짓 서로가 가진 생각을 말하고 들어주었다. 그렇다고 특별히 깊은 이야기를 한 건 아니었다. 아무것도 하지 않은 일상일 뿐이었는데 점점 그녀가 신경쓰이기 시작했다. 왜 그러는지도 모른 채 자꾸 신경이 쓰일 뿐이었다. 어느 날 나보다 먼저 자리에서 일어나 걸어가는 그녀의 뒷모습을 본 적이 있다. 난 이유도 모른 채 그녀의 등에다 대고 이렇게 말했다.

같이 도망갈래?

2.

그런 그녀와 단둘이 있게 된 날이 있었다. 다 같이 술 한 잔을 하고 있었는데 한 명은 일이 있다며 일찍 들어갔고 한 명은 취했다며 택시를 타고 갔고 한 명은 애인이 데리러 왔다며…… 이런 식으로 하나씩 사라졌다. 결국 남은 건 그녀와 나 단둘이었다. 어떻게 또 둘이 남을 수 있을까 싶었지만 돌아갈 곳 없는 사람이 나 말고 또 있다는 사실이 내심 위로가 됐다. 처음부터 단둘이었다면 어색했을 테지만 취기가 오를 대로 오른 상태라 모든 게 괜찮았다.

화기애애한 술자리는 아니었다. 별말 없이 계속 술을 마실 뿐이었다. 안주는 거의 손도 대지 않은 채 술만 마시는 습관이 닮아 있었다. 그때 난 연인과 헤어져 공허해하던 시기였다. 사랑이 부질없다고 느껴지는 그런 시기가 있지 않은가. 마음을 맞추다 미워하고 이내 서로를 지워내는 일. 그런 일련의 과정 자체가 무의미하고 피로했다. 그녀도 얼마 전에 이별을 했단다. 무엇 때문에 헤어졌는지 어떤 사람인지 묻지 않았다. 이미 지나간 것을 다시 들춰내기에는 그녀 스스로도 몇 번이고 들춰봤을 테니까.

아침이 다 되어갈 때까지 술을 마셨다. 그녀는 누군가에게 계속 전화가 왔지만 받지 않았고 나는 그런 울림을 모른 척했다. 이젠 그만 마셔야겠다 싶어서 거리로 나갔을 땐 사람이 하나도 없었다. 어디로 가야 하는지도 모르는 상태로 횡단보도 앞에 서 있다가 그녀와 눈이 마주쳤다. 이제 뭐하냐고 묻는 듯한 표정을 짓던 그녀에게 입을 맞췄다. 그날 우린 근처에 있는 여관에서 함께 잠을 잤다.

손님이 없으니 특별히 주는 방이라며 조용할 거라고 했다. 303호. 그곳에서 해가 중천에 뜰 때까지 잠을 잤다. 화장실도 가지 않고 물도 마시지 않았다. 그렇게 오후가 다 돼서 일어난 우리는 원래 알던 사람처럼, 아니 아주 오래전부터 사랑한 사람처럼 서로를 대했다. 먼저 씻은 그녀는 내게 이렇게 말했다.

오래된 곳이라 그런지 조금만 왼쪽으로 틀면 너무 뜨거운 물이 나오고 또 반대로 조금만 돌리면 너무 차가워. 내가 딱 중간 온도로 맞춰놨어. 잘했지?

3.

익숙하지 않은 장소였으므로 조심히 계단을 내려왔다. 아침에 봤던 여관 주인은 이제 나가는 거냐고 물었고 난 이렇게 대답할 뿐이었다. 하루 더 있으려고요. 얼마였죠? 저녁이라고 부르기에는 이른 시간이었고 점심이라고 말하기에는 늦은 시간이었다. 눈에 보이는 아무 식당에나 들어갔는데 그녀는 그런 건 중요하지 않다는 듯 맛있게 먹었다. 하긴. 처음 만나는 날에도 벌컥 냉장고를 열어 물을 마시던 사람이었는데. 둘 다 잘 알지 못하는 동네를 걸었다. 손을 꼭 잡고서. 예뻐 보인다는 그녀의 말에 초록색 식물이 많은 카페에서 커피도 마셨다. 그곳에서 해가 질 때까지 이야기를 나눴다. 시답잖은 이야기가 대부분이었지만.

그날 밤에도 우린 303호에 있었다. 작은 티브이를 켜놓고 이곳이 우리의 집인 양 누워 대화를 나누다 티브이를 보다가 껴안기를 반복했다. 난 그녀에게 집으로 돌아가지 말라고 했다. 아무런 말이 없던 그녀는 내 쇄골에 얼굴을 파묻더니 조금 더 정적을 유지했다. 대꾸하지 않는 그녀를 관찰하기 시작했다. 코 옆에 작은 점이 있었네. 입술 옆에도 하나 더 있네, 하는 생각을 할 때쯤 그녀가 고개를 끄덕였다.

집에 들어가지 말라는 말에 어딘가로 전화를 걸 줄 알았지만 그녀는 누워만 있었다. 가끔 울리는 전화기를 못 본 척하는 게 전부. 평소에 잠을 잘 자지 못한다고 했다. 졸피뎀을 먹고 자는 날이 많다고 했다. 무엇이 그렇게 잠 못 들게

하냐고 묻고 싶었지만 묻지 않았다. 그저 꼭 껴안아줄 뿐이었다. 그녀는 내 품에 안겨 이런 말을 했다.

예전에 죽을지 말지 고민하는 게 아니라 어떤 방법으로 죽을지를 고민한 적이 있었어. 또 한편으로는 살고 싶었는지 그런 생각을 그만하고 싶더라. 어떤 방법으로 죽는 게 더 나을까 싶은 생각이 들 때면 졸피뎀을 몇 알씩 먹었어. 그래도 잠이 안 올 때가 많아서 괴로웠어. 근데 오늘은 잠이 잘 오네. 한 알도 안 먹었는데.

4.

다음날, 이제 가는 거냐고 묻는 여관 주인에게 하루 더 머물겠다고 했다. 그다음날도 그랬고 그다음날도 그랬다. 우린 303호에 살림을 차렸다. 난해한 눈빛으로 바라보던 주인 아저씨는 열흘이 지나자 익숙하다는 듯 계산을 해주었다. 출근도 303호에서 하기 시작했다. 출근과 퇴근 시간이 서로 달랐기 때문에 어떤 날은 그녀에게 이불을 다시 덮어주고 내가 먼저 나섰다. 어떤 날은 찬물만 마시는 나를 위해 시원한 물을 사다놓고 그녀가 먼저 출근하기도 했다. 일찍 퇴근한 사람이 근처 카페에서 기다린 적도, 먼저 들어와 잠을 자고 있었던 날도 있었다. 익숙하지 않은 동네의 분위기와 물 비린내가 나던 여관방. 우리의 집이었다.

할 수만 있다면 시간을 영원히 멈추고 싶었다. 주방도 거실도 없이 오로지 침대와 작은 티브이가 전부인 곳. 바닥에 앉아 술을 마시거나 적적한 게 싫어 재미도 없는 티브이를 켜두는 게 끝이었지만 안락했다. 그녀를 안고 있을 때면 어떤 걱정도 떠오르지 않았으니까. 가난하고 무명이라도 상관없었다. 나에게 필요한 건 내일 하루 더 머물 수 있는 방값과 그녀를 안아줄 수 있는 따뜻함 정도였다.

우리의 외출은 외박이 되고 외박은 도피가 되었다. 한 달이 넘는 시간 동안 그곳에서 머물렀으니까. 303호를 집으로 그 동네를 고향으로 삼았다. 아무리 어두워도 우린 망설임 없이 계단을 오르고 내렸다. 어떤 곳이 음식을 잘하는지 어떤 곳이 조용히 술 마시기 좋은지 하나씩 찾아가면서 우리의 지도 또한 넓어져갔다. 긴 시간 동안 누구도 사랑한다고 말하지는 않았다. 좋아한다는 말조차도. 우리가 하는 건 손을 잡거나 자기 전에 꼭 안아주는 것뿐이었다.

출근을 준비하다 말고 자고 있는 그녀에게 이불을 다시 덮어주었다. 자는 모습을 물끄러미 바라보면서. 이상하게 그러고 싶은 날이었다. 그녀는 자신이 자는 모습을 한 번도 보지 못했겠지. 이건 타인만이 볼 수 있는 진짜 모습이니까.

그녀는 알까. 자는 모습을 보고 있을 때면 이유 없이 울컥한다는 걸. 막무가내로 껴안아버리고 싶다는 걸. 그녀가 한때 했던 말이 떠올라 속옷이나 가볍게 입을 수 있는 옷을 한두 벌 사 와야겠다고 생각했다. 비린내 가득한 화장실에서 빨래를 자주 하는 건 너무 번거로운 일이라고 말한 적이 있었다.

좋아했으면 좋겠다고 생각하면서 퇴근길에 그녀에게 어울릴 법한 것을 골라 집으로 향했다. 방문을 열었을 때 나를 반겨준 건 그녀가 아니라 적막이었다. 치워달라고 부탁이라도 한 것처럼 모든 게 깔끔하게 정리되어 있었고 그녀는 어디에도 없었다. 전화를 걸어도 받지 않았다. 어떤 이별처럼 깨끗하게 정리된 방안을 보면서 불길한 느낌이 들었지만 황급히 지우려고 애썼다. 잠깐 나간 거라는 생각을 하며 저녁도 먹지 않고 그녀를 기다렸다.

한 시간, 두 시간. 그녀는 아무런 연락도 없었고 303호로 돌아오지도 않았다. 잠시 그녀가 집에 다녀오는 걸지도 모른다고 생각했다. 편지라도 짧게 남기고 갔을 것 같아 방안을 이리저리 뒤져보기 시작했다. 한 번도 건드리지 않았던 서랍과 신발장까지도 열어보았다. 어디에도 편지는 없었다.

그녀에게 주려고 산 옷만 옆에 둔 채 뜬눈으로 아침을 맞이할 뿐이었다.

다음날도 그녀는 아무런 연락이 되지 않았다. 난 그녀가 돌아올 것만 같아 일주일 동안 그곳에서 혼자 그녀를 기다렸다. 출근할 때면 침대 위에 짧게 쓴 메모 하나를 올려두고 갔다. 돌아오면 연락해줘. 여관 주인은 요즘 아가씨가 보이지 않는다고 했고 나는 잠시 집에 내려갔다고 말했다. 그녀는 내 전화를 받지도 우리의 집으로 돌아오지도 않았다. 함께 누웠던 침대에 혼자 누워 있는 것. 그건 잔인하고 또 잔인한 일이라 더는 303호에 머물 수가 없었다. 하루 더 있겠냐는 여관 주인의 말에 이제는 괜찮다고 대답을 했다.

낡은 나무문을 열고 여관을 나왔을 때 그녀를 처음 본 날처럼 온 세상이 맑았다. 그녀가 보고 싶은데 어디로 가야 할지 도무지 알 수가 없었다. 할 수 있는 건 의미 없이 들려오는 신호음에 희망을 걸어보는 것뿐이었다. 일한다고 했던 동네로 찾아가면 그곳에서 또 어디로 가야 그녀를 찾을 수 있을까. 사람들은 어딘가로 걷고 있었는데 난 아무데도 갈 곳이 없었다.

첫사랑

처음의 의미는 두 가지로 나뉜다. 시간상의 처음과 진짜를 알게 된 순간. 첫사랑을 떠올릴 때 제일 먼저 했던 연애를 말하는 사람이 있고 이게 진짜 사랑이라는 느낌을 준 사람을 말하는 차이도 그 때문일 것이다. 고등학교 삼학년 때였다. 그 당시 운동을 하고 있었는데 다니던 체육관 근처에 큰 식당이 있었다. 그곳에서 같은 학년 여자애가 아르바이트를 하고 있었다.

어느 날 같이 운동을 하던 직업군인 형이 이상형을 만났다면서 이야기를 꺼냈다. 저녁 먹으러 갔다가 우연히 봤다면서 한껏 상기된 얼굴로 이야기를 이어갔다. 식당에서 일하는 아르바이트생이었단다. 그녀를 처음 본 뒤로 체육관에올 때마다 그 가게를 지나쳐왔다고 했다. 혹시라도 마주치지 않을까 싶어서. 들으면 들을수록 낯이 익은 것 같아 혹시체육관 근처에 있는 식당이냐고 물었더니 그렇다는 대답이돌아왔다. 얼굴이 조금 까만 편에 긴 생머리냐고 물었더니역시 그렇다는 대답이 돌아왔다. 분위기를 깨고 싶었던 건아니었지만 사실이었기에 이렇게 말했다. 그 친구 저랑 같은학교 다닙니다.

또래보다 성숙한 외모 탓에 학생으로 보이지 않았던 그녀. 자신이랑 비슷한 나이인 줄 알았던 사람이 세 살이나 어리다는 이야기를 듣자 직업군인 형은 고민에 빠지는 듯했다. 형은 얼마간의 침묵이 끝난 후에 운을 뗐다. 그럼 근호너랑, 형이랑 그 친구 셋이서 밥 한번 먹자. 혹시 저녁 같이먹을 수 있냐고 물어봐줄 수 있어?

난 그녀와 친분이 하나도 없었다. 어릴 때부터 독립적으로 생활하고 혼자 있는 시간을 좋아했던 나와는 다르게 그녀는 무리 생활을 즐기는 사람이었다. 항상 주변에 사람이 많았고 같은 학교지만 쓰는 건물도 달랐다. 학교에서 제일 무섭다는 소문이 날 정도로 성격이 강한 친구였다. 어떡하면 좋을까 싶다가 내 친구가 그녀와 친하다는 말에 부탁했다. 상황이 이런데 혹시 밥 같이 먹을 생각 있냐고 대신 좀 전해달라고. 그 이야기를 전해 들은 그녀의 대답은 예상 밖이었다. 그런 말은 나보고 직접 하란다.

그렇게 그녀와 첫 대화를 나눴다. 의사를 묻는 입장이었으니 저자세로 나가야 하는 게 맞았지만 기분이 별로인 건 어쩔 수 없는 일이었다. 뭐 이렇게 까칠하지? 정말 나와는 맞지 않는 사람이라고 생각했다. 그럼에도 그녀에게 하나씩 설명을 해줬다. 그 사람 직업은 군인이고 나이는 몇 살이고 일하는 너를 처음 보고 반했다는 이야기까지. 가만히 듣던 그녀는 알겠다고 대답했다. 난 그렇게 다 같이 밥 먹는 자리를 마련했다. 어느 날 몇시에 어디서 밥을 먹을지까지 정했지만 문제는 그다음이었다.

막상 약속 날이 되었는데 형이 훈련을 받으러 지방으로 떠나야 했던 것이다. 갑자기 가게 됐다면서 못 갈 것 같다는 말을 대신 전해달라는 메시지를 보내왔다. 난처했지만 직업이 직업인 만큼 이해해달라며 그녀에게 차분히 설명했다.

괜히 중간에서 나만 골치 아프게 되어 기분이 또 별로였지만, 내가 미안하다고 말해야 할 것 같은 상황이라 미안하다고 했다. 그녀의 대답은 또 예상 밖이었다. 미안하면 나중에 나더러 밥을 사란다. 거절하고 싶었지만 내심 미안했기에 이렇게 말했다. 그래, 나중에 밥 한번 먹자.

형은 훈련에서 돌아온 뒤로 그녀 이야기를 잘 꺼내지 않았다. 약속을 어긴 게 미안해서 그랬는지 다른 사람이 좋아졌는지는 모르겠지만 점점 그녀를 말하는 날이 줄어들었다. 그쯤 그녀에게 연락이 왔다. 친구랑 목욕탕 갔다 오는 길인데 열심히 씻었더니 배가 고프다고 나보고 저녁을 사란다. 무슨 고등학생이 목욕탕을 우리 아빠처럼 좋아할까 싶었지만, 대뜸 밥 사라고 말하는 무례함은 어디서 터득한 걸까 싶었지만 난 또 알겠다고 말했다. 운동이 끝나고 그녀와 김밥집에서 만났다.

목욕탕을 다녀와서인지 방금 씻은 것처럼 얼굴이 빛났다. 머리는 조금 덜 마른 상태였는데 그녀가 움직일 때마다 어디선가 기분좋은 향기가 났다. 늦은 시간 아무도 없는 김밥집에 나란히 앉아 저녁을 먹었다. 사소한 대화를 나누면서. 그것이 그녀와 나의 시작이었다. 머지않아 우리는 연인이 되

었고 그녀는 내 첫사랑이었으니까. 아직도 첫사랑이라는 단
어를 떠올리면 어디선가 그날의 비누 향이 난다.

밥 한번 먹자는 말로 사랑이 시작된 적이 있었다.

자세한 사랑

한때 내가 쓴 문장을 좋아했었다. '자세히 사랑합니다'라는 문장이다. 사 년 전 첫 책을 계약하던 날 그 문장을 썼다. 한여름이었는데 약속 시간에 늦는 바람에 전력 질주했던 기억이 있다. 도착 후, 열기가 가라앉기도 전에 카페를 가득메운 직장인들 사이에서 계약서에 사인했다. 그뒤로 얼마나많은 일이 나에게 일어날지 알지 못했다. 첫 책이었으니까. 두려움보다 설렘이 더 커서 마냥 웃던 시절이었다. 정신없던시간이 지나고 카페에 혼자 남게 되었다. 식은땀 덕분에 약간의 서늘함도 함께. 마침 가져갔던 책을 읽다가 '헤어지기에는 길이 너무 많았던가'라는 문장을 읽고 문득 신촌에 가고 싶어졌다.

유월의 길거리는 생기가 넘쳤다. 강렬한 햇빛과 빠른 발걸음. 그 사이를 헤집듯 걸었다. 저쪽은 네가 울던 곳. 저기서는 사진을 같이 찍었다. 저쪽에선 다퉜었고. 이유는 기억나지 않지만 나를 두고 혼자 걸어가던 당신. 사람 사이에 섞여 사라진 당신은 전화도 받지 않고 뒷모습도 보이지 않았다. 어디서 찾아야 할까 싶다가 정류장에 갔을 때, 그곳에서 당신은 날 기다리고 있었다. 나에게 안겨 소리 내서 울었고 난 뭐가 그렇게 밉냐며 당신을 껴안았던 기억. 많은 길이 그만큼 많은 시간을 살려내, 도망가듯 카페로 갔다. 그곳에서 커피를 시킨다는 게 그만 날이 좋아 맥주를 시켜버렸다. 그날은 마음이 내 마음대로 되지 않았다. 아마도 첫 책을 낸다는 기분 때문이었으리라. 사람 가득하던 카페에 혼자 앉아 맥주를 마시다 쓰고 싶은 문장이 떠올랐다. 직원에게 펜하나를 빌려 계약서 뒷장에 떠오르는 것을 적기 시작했다.

당신을 사랑합니다.
귀엽다, 예쁘다, 착하다는 뜻이 아닙니다.
내 이야기를 들어줄 때 천천히 커지는 눈동자.

화가 날 때마다 팔짱을 끼는 버릇.

발걸음은 빠르지만 표현은 느리죠.

상처가 쌓이고 쌓여 사랑을 두려워하지만

입술은 언제나 빨갛게 바릅니다.

나는 당신을 자세히 사랑합니다.

　순식간에 하고 싶은 말이 떠올랐던 건 계약서 때문도 유월의 태양 때문도 미지근한 맥주 때문도 아니었다. 그 사람의 부재 때문이었다. 첫 책이 나오면 제일 먼저 주고 싶은 사람. 기다려주고 이해해줘서 고맙다며 우편함에 책을 넣어두고 오고 싶었던 사람. 만약 네가 원한다면, 이 책을 마지막으로 내고 이젠 회사에 다니겠다고 말하고 싶던 사람. 나에게 어떤 말도 먼저 건네는 법이 없어서 그녀가 나를 사랑하지 않는다고 생각했다. 다른 건 다 견딜 수 있었어도 그녀의 침묵은 견딜 수 없었다. 사랑하는데 어떻게 소리를 내지 않을까. 나를 왜 좋아해? 라는 말을 한 번도 한 적이 없었던 그녀. 사랑을 확인하고 싶을 법도 한데. 단 한 번도 묻지 않았지만 내심 물어보고 싶었던 말이라는 생각을 하며 살았다. 묻지도 않은 질문에 대한 답을 이별하고 몇 년이 지난 뒤 신촌 한복판에서 한 것이다.

연인 사이에서 한쪽이 나를 왜 사랑하느냐고 물었을 때 그냥, 전부 다라고 말하는 사람만큼 매력 없는 사람은 없다. 그런 질문이 입밖으로 나왔다는 건 사랑의 형태를 확인하고 싶다는 건데 그냥이라니. 느껴지지 않아서 묻는 것이고 충분하지 않기에 한번 더 느끼고 싶어서 묻는 것인데 전부라니. 외로운 사람에게 그런 말은 터무니없는 말일 뿐이다.

　그녀는 왜 나에게 그런 질문을 한 번도 하지 않았을까. 나역시 그녀에게 그런 질문을 한 적이 없다. 혹시 사랑을 확인하고 싶어서 나를 왜 좋아하냐고 물어봤다면 어떤 대답이 돌아왔을까. 이별 대신 질문을 택했다면 우린 다른 길을 걸었을까. 그녀도 나를 자세히 사랑한다며 설명해줬을까. 서로가 서로에게 질문하지 않던 그 거리만큼 이별은 예정되어 있었는지도 모른다. 어쩌면 그냥이라는 말이 두려웠을지도.

　사랑은 때론 설명이 필요하다. 만지고 싶고 냄새도 맡고 싶고 느끼고 싶은 것이기에 더욱더. 사랑 앞에선 침묵보다 자세한 게 더 좋다.

　넌 나 없이 모든 걸 할 수 있을 것 같았어.
　난 너 없이 할 수 있는 게 하나도 없는데.
　내가 없어도 네 삶은 여전할 거라는 거.
　그걸 느낀 순간 얼마나 비참하던지.

전부가 되고 싶다는 건 욕심이라지만
한 사람의 중심이 되고 싶은 것도 욕심일까.
넌 내가 없어도 가득찬 사람.
난 네가 없으면 텅 빈 사람.
그래서 난 도망가는 거야.
언젠가 너에게 버려질지 모른다는

불안 때문에.

일상이라는 여행

공항이나 터미널은 가는 것만으로도 설렌다. 여행 가는 친구가 있다면 데려다주고 데리러가는 것도 그 이유 때문이다. 어디로도 떠날 수 없을 만큼 여유가 없을 땐 드라이브한다는 생각으로 인천공항에 다녀온 적도 있었다. 떠난다는 건, 그곳이 어디든 우리를 두근거리게 한다.

왜 그토록 여행은 우리를 즐겁게 하는 걸까. 어떤 이유로 두근거리며 살아 있다고 느껴지게 하는 걸까. 오랫동안 질문에 대한 답을 고민했었다. 일상과 정반대 방향으로 달려가기 때문일 거라는 생각을 했다. 자던 곳에서 자고 먹던 음식을 먹고 똑같은 공기를 마시다가 정반대의 일을 하는 것. 그만큼 두근거리는 게 있을까. 또다른 이유는 태도다. 여행을 떠났을 때 세상을 바라보는 마음과 일상을 보내는 자세는 사뭇 다르다.

위생 관념이 별로 없는 나라에서 지낼 때였다. 그곳에서 음식을 먹었다간 며칠 앓아 누울 것 같아서 밥을 거르는 날이 많았다. 심지어 우연히 알게 된 사람에게 들은 말로는 물도 조심해서 사 먹어야 한단다. 생수를 잘못 사 마셨다간 화장실 물이 들어 있을 거라며 어떤 게 깨끗한 물인지 알려주기도 했다. 종일 굶다가 깨끗해 보이는 가게가 있으면 하루치 식사를 몰아서 하고는 했다. 숙소로 돌아가는 길에 다음날 간단하게 먹을 만한 빵이나 계란을 사러 간 가게에서 마실 만한 물까지 판다면 완벽한 하루였다.

여행지에서는 고작 생수 한 병과 계란 몇 알에도 운이 좋다는 생각이 든다. 일상은 어떤가. 언제나 그대로인 집과 나를 사랑해주는 사람들. 해야 할 일이 버겁다고는 하지만 내가 할 수 있는 일이 존재한다는 것만큼 중요한 일도 없다. 모든 게 다 갖춰져 있지만 일상은 어딘가 따분하고 숨막히게 느껴진다. 어떤 외국 못지않게 우리 주변에도 아름다운 곳이 많다. 당산에서 합정으로 지나가는 길에 보이는 한강이라든가. 도심 한복판에 평수를 알 수 없을 만큼 크게 지어진 미술관이나, 동네 골목까지도. 일상이 아름답지 않은 게 아니라 단지 익숙해져서 그렇게 느끼는 걸지도 모른다.

일상이 지루하게 느껴질 때면 몇 가지 해결 방법이 있다. 일상을 여행처럼 대할 수 있도록 태도만 약간 바꾸는 것이다. 작업실에 성당 의자를 하나 놓았는데 요즘은 그 의자 위에서 쪽잠을 많이 잔다. 새벽에 피아노 연주곡을 틀어놓고 쪽잠을 자다보면 숙소를 구하지 못해 성당에 몰래 들어온 느낌이 든다. 며칠 전에는 집에서 나는 익숙한 냄새를 맡기 싫어서 공원 주차장에서 하루 잔 적도 있다. 차 안에서 노트북으로 영화를 틀어놓고 가만히 누워 있었는데 떠오르는 건 여행지에서 바라던 것처럼 사소한 것이었다. 비가 왔으면 좋겠다, 눈을 떴을 때 하늘이 흐렸으면 좋겠다, 하는 것들.

일상을 조금만 비틀어도 여행처럼 느껴질 수 있다. 오늘도 집에 가기 싫어서 낯선 동네를 배회할까 한다. 그러다 마음에 드는 곳이 있으면 하루 머물고 다음날 시장을 거닐고 싶다. 고독해지고 싶다면 전화기를 꺼도 좋겠다. 가끔은 이렇게 가까웠던 것들과 멀어질 필요가 있다. 당연하다고 여겼던 것들에게 다시 다정해지기 위해서.

진짜 감정

옛 연인과 다투었을 때의 일이다. 심심해서 했던 심리테스트 때문이었다. 자신이 가진 사랑의 성향을 알아보는 심리테스트였다. 남녀 간의 사랑만을 말하는 것이 아닌 세상을 대하는 전반적인 사랑의 모습에 관한 이야기였다.

보통 사랑의 성향을 여섯 가지로 나눈다. 에로스, 루두스, 스토르게, 마니아, 프래그머, 아가페. 낭만적 사랑, 유희적 사랑, 우애적 사랑, 소유적 사랑, 실용적 사랑, 헌신적 사랑을 뜻한다.

나는 오랫동안 사랑은 희생이고 낭만이라고 생각하고 살아왔다. 심리 검사에서도 에로스와 아가페가 높게 나왔다. 당시 여자친구였던 사람은 루두스와 프래그머가 높게 나왔다. 해석하자면 사랑을 재미 위주로 생각하고 서로 어울리는 배경과 관심사를 지닌 상대를 선호한다는 뜻이다. 그 간단한 심리 검사가 얼마나 효력이 있는지 모른다. 하지만 서로가 가진 성향이 서로에게 잘 융합되는지는 중요하다. 심지어 당시 나에게 썼던 편지에서 지난 시절 동안 사랑은 자신을 위해서 하는 거라고 생각했다며 이기적인 사랑을 했었다고 고백 아닌 고백을 했었다. 연애 초반에는 괜찮았는데 관계가 지속될수록 다툼이 잦아들었다. 그쯤 심리 검사를 하게 된 것이다.

　사람이 힘들 땐 별거 아닌 말에도 기대게 된다. 별자리 운세나 포춘쿠키 같은 것에서 희망을 얻고 희망을 잃기도 하지 않는가. 당시에 나는 그 친구가 가진 성향 때문에 괴로워하고 있을 때라 그 검사가 마냥 유쾌하진 않았다. 우리는 얼마 가지 않아서 결국 끝을 맞이했다. 그녀가 나에게 남긴 마지막 말은 그랬다. 나를 위해 그만할래.

　사랑은 희생이고 낭만이라는 생각이 더 강하게 들던 시절, 나는 사랑이 타인을 위해서 하는 거라는 오해를 한 적이 있었다. 편지든 꽃이든 선물이든 다정함이든 난 내가 사랑하는 사람에게 어떤 걸 건넸을 때 세상을 얻은 것처럼 기분이 좋았다. 지구, 아니 우주에 나와 그 사람 단둘이 있는 기분이며 그 좋은 기운으로 하루, 한 달을 열심히 살고 싶어졌다. 시간이 지난 후에 깨달았던 건 그 사랑 역시 나를 위해서 하는 거였다. 연인에게 무언가 주는 걸 좋아하는 나를 위한 것. 사랑은 상대방이 좋아져서 시작한다고 생각했지만 엄연히 나를 위해 하는 것이다. 그래서 우리는 누군가를 사랑할 때 그 사람이 나를 좋아해주는 크기도 중요하지만 그 사람을 좋아할 때의 내 모습도 중요한 것이다.

사랑의 성향이 연인 사이에서 얼마나 중요한지는 모르겠다. 다만 한 사람과 사랑을 하면서 얻는 가장 큰 아름다움은 사랑을 통해 알게 되는 진짜 내 모습이라는 것쯤은 알 수 있었다. 날음식을 안 좋아했는데 함께 먹다보니 왜 좋아하는지 알게 되거나, 꽃을 왜 좋아하는지 이해 못했었는데 어느 날 선물 받은 꽃을 보면서 꽃이 아름답다는 사실을 알게 되는 것. 사랑을 통해 나도 모르는 나를 발견하는 것이다.

만약 정말 좋은 사이라면 사랑을 통한 자기발견과 함께 내 옆에 있는 사람이 행복해하는 모습을 보면서 나도 행복해지는 기분을 느낄 것이다. 이타심과 자기발견. 내가 이런 말도 할 줄 알고 이런 표정도 지을 줄 알았구나 하는 사랑.
당신이 웃고 행복할 수 있다면 무엇이라도 할 수 있다는 마
음. 그 두 가지가 동시에 느껴지는 사랑이 진짜 사랑이다.

사랑의 시작

형 주무세요?

늦은 시간에 온 연락이었다. 보통 이럴 때 오는 연락은 답장하지 않는 편이다. 이성보다는 감성이 앞서는 시간이기 때문에 연락한 사람도 후회하는 경우가 많다. 다음날 무슨 일 때문에 연락한 거냐고 물어보면 아무것도 아니라는 말이 돌아오는 게 태반이다. 그럼에도 성의껏 답장했던 건 그 동생을 좋아해서겠다. 친한 친구의 동생이라는 이유로 가까워진 사람이었다. 특별한 이유는 아니었지만 가깝게 지내다보니 세상을 대하는 마음이 따듯해서 애정하는 사이가 됐다.

연락 온 이유는 그랬다. 오랜만에 자꾸 생각나는 사람이 생겼는데 자신이 그 사람을 좋아하는지도 잘 모르겠고 그 사람이 자기를 좋아해줄지도 모르겠다는 고민이었다. 그러고 보니 사랑을 끝낸 뒤로 오랫동안 혼자 지내고 있었다. 섬세하고 다정한 편이라 노을이 질 때면 예쁘다면서 사진을 보내던 아이였다. 비슷한 문제로 갈팡질팡하고 있을 때 조언을 해준 적이 있었다. 그에게 위로가 될 것 같다면서 노래 하나를 알려줬었다.

당신이 허락만 해준다면
사랑이 어떤 건지 당신에게
보여줄 수 있어요.

오직 당신이 허락해준다면
어떻게 눈물을 흘리는 건지
보여줄 수 있어요.

그날 새벽, 동생은 자기가 좋아하던 여자에게 이 가사를 그대로 보냈단다. 그리고 다음날 연인이 됐다고 나에게 알려줬었다. 그 친구와의 이별을 끝으로 많은 것이 뒤틀린 모양이었다. 사랑했던 만큼 능숙하고 서툴렀던 만큼 혼란스러웠으리라. 어떤 사랑이었든 이별이 아픈 건 변하지 않으니까. 지난 사람이 남긴 상처와 자신에 대한 믿음의 부재로 괴로운 시간을 보내고 있는 동생에게 답장을 보냈다.

내가 자주 하는 방법인데 너도 한번 해봐. 네가 그 사람을 좋아하고 있는지 확인할 수 있는 방법이 있어. 하루 날을 잡아서 그 사람 집까지 데려다주는 거야. 방향이 정반대여도 아무리 멀어도 꼭 데려다줘야 돼. 잘 들어가라며 인사 나누고 왔던 길을 다시 그대로 돌아오는 거야. 이번에는 혼자. 갔던 길을 그대로 다시 돌아오는 게 한 사람을 데려다줬다는 이유만으로 지루하지 않다면, 집으로 돌아가는 길에 문득 잘살고 싶다는 생각이 들거나 너도 모르게 웃고 있다면 이미 시작된 거야. 사랑은.

바다네 바다 1

1.

바다는 자신의 이름을 싫어했다. 어린 시절엔 평범하지 않은 모든 것이 놀림거리다. 학교가 끝나고 울면서 집으로 갈 때면 부모를 원망했다. 이름은 왜 이렇게 지어준 거야? 재민. 승영. 종석. 태호. 흔한 이름은 놔두고. 지우개로 아무리 지운다고 지워지는 것이 아니었기에 바다는 자주 괴로워했다. 그런 그가 자신의 이름을 좋아하게 된 건 성인이 되고 나서다. 순차적으로 겪어야 하는 삶의 고통이 불규칙하게 그를 괴롭혔다. 열아홉에 부모를 잃었으며 몇 없던 친구 중에 한 명은 투병중 세상을 떠났다. 갓 성인이 된 바다가 느낀 건 자유가 아닌 외로움이었다. 뼈끝까지 파고드는 외로움. 가진 게 없는 사람에게 세상은 아름다운 것이 아니라 환멸의 대상이었다. 바다는 결심했다. 죽자. 내 이름처럼 바다에 뛰어들어서. 생전 처음으로 여행을 떠난 것이 죽음으로 가는 길이었다.

어차피 죽을 거지만 맑은 동쪽을 택한 건 바다에게 사랑받았던 시절이 존재한다는 증거였다. 새벽에 도착한 바다 앞에서 그는 망설였다. 밤바다는 덥석 뛰어들 생각이 들지 않을 만큼 거칠었기 때문이다. 바다는 멍하니 파도를 바라보다 결심했다. 그래, 하루만 더 머물고 날이 밝아오면 그때 죽자. 다음날, 다시 바다를 찾았을 때 역시 뛰어들 수가 없었다. 오후의 바다는 시체가 떠다니기에는 부적합할 정도로 평온했다. 바다는 박힌 못처럼 가만히 서서 잔잔한 파도의 아름다움을 바라볼 뿐이었다. 그때 온몸을 스친 생각이 있었다. 거친 것은 아름답구나. 고요함 뒤에는 남모르는 투쟁이 있구나. 밤바다와 낮 바다가 다른 것처럼. 어차피 이렇게 태어난 거 바다는 이름처럼 살아야겠다고 다짐했다. 그날부터 자신의 이름을 좋아했다.

바닷가에서 돌아온 그는 닥치는 대로 일하기 시작했다. 목적은 하나였다. 바닷가 근처에 어떤 가게라도 차리고 싶은 마음이었다. 군대를 다녀오고 십일 년이나 더 지나서 바다는 낡은 창고 하나를 빌릴 수 있었다. 아무것도 없는 사람에겐 늘 시간이 많이 필요한 법이다. 창고를 개조한 가게문을 열기 하루 전까지 이름을 정하지 못했다. 다음날, 자신이 정해둔 시간에 출근했다. 가게 앞을 서성거리던 바다는 제법 큰 종이를 꺼내 글씨를 쓰기 시작했다.

영업중입니다. 바다네 바다.

2.

바다네 바다는 이상한 곳이었다. 커피 파는 곳이라기엔 책이 많았다. 그렇다고 서점이라고 하기에는 적었다. 안쪽 선반에는 오래된 엘피판과 시디까지 가득했으니 뭐라고 불러야 할지 모르는 곳이었다. 한적한 동네에 간판 하나 제대로 없는 곳에 손님이 많을 리는 없었다. 한가할 때면 창고를 개조한 탓에 필요 이상으로 넓은 공간을 메워줄 가구를 하나씩 만들었다. 그는 고독했지만 재주는 좋은 사람이었다. 묵묵히 가구를 만들고 겨울에 어울리는 홍차를 끓였다. 때로는 밥도 해 먹기 시작하자 폐가 같던 곳에 사람의 온기가 묻기 시작했다. 그쯤 손님이 하나둘씩 찾아오기 시작했다.

정아는 바다네 바다를 자주 찾던 손님이었다. 자주, 라는 말의 상대성을 이해한다면 자주 가는 것이 맞았다. 그녀는 유명한 배우였다. 때로는 노래를 했고 때로는 춤을 추었다. 티브이를 틀면 그녀의 모습이 나온다. 인터넷 속에는 정아에 대한 정보와 오해, 사랑인 척하는 상처가 난무하고 있었다. 선반 가득 꽂힌 시디 사이에서 그녀의 이름을 찾을 수도 있으리라.

바다가 정아를 처음 봤을 때 모자를 깊게 쓰고 있었지만 한눈에 알아볼 수 있었다. 유명한 사람이라는 걸. 대중과는 거리가 먼 바다였지만 그런 사람도 알 수 있을 만큼 자주 보이던 얼굴이었다. 화면보다 훨씬 말랐으며 사진보다 훨씬 생동감이 있던 사람이었다. 바다는 첫 만남에 정아가 세상으로부터 가혹할 정도로 압박받았다는 느낌이 들었다. 그런 정아에게 필요한 건 상대에게도 똑같이 못 하나를 박는 것이 아니라 이미 박힌 못을 절반쯤 풀어주는 일이라고 생각했다. 바다는 그녀가 편하게 머물 수 있도록 간단한 눈인사 빼고는 한마디 말도 건네지 않았다.

3.

유명한 사람이 다녀갔다고 해서 그곳이 붐비는 것은 아니었다. 애초에 그럴 목적이었다면 도시를 선택했을 것이다.

바다는 이름처럼 살기 위해 바닷가에 머물고 싶었던 것뿐이다. 바다는 남에게 손 벌리지 않고 스스로 살아갈 수 있다는 사실만으로 만족하는 사람이었다. 그도 그럴 것이 목숨을 끊기 위해 기차를 탔던 사람이다. 바다에게는 삶의 끝까지 다녀온 사람의 자립심이 있었다. 비록 하루짜리 죽음이었지만.

주말이면 바닷가를 찾은 외지인들이 바다네 바다를 찾아주었다. 처음 오는 사람들은 가게 이름에 관해서 묻고는 했다. 그럴 때면 바다는 늘 수줍게 자신의 이름이 바다라고 말했다. 외지인들 사이에 가끔 정아가 속해 있었다. 바다는 그녀를 보면서 일반 사람과 일반적이지 않은 사람을 나누는 기준이 무엇인지 떠올렸다. 부와 명예. 유명세와 인기. 그것을 기준으로 나눠야 하는 걸까. 그러기에는 여러 사람 속에 속해 있는 그녀의 모습이 너무나도 자연스러웠다.

정아는 보통 삼 주에 한 번꼴로 그곳을 찾았다. 그보다 더 오래 찾아오지 않을 때도 있었는데 그럴 때면 라디오나 티브이에서 그녀 모습이 자주 보였다. 강아지와 함께 올 때도 있었고 사람이 없는 날이면 모자를 벗고 들어오기도 했다. 적어도 한 달에 한 번씩은 찾아주었는데 삼 개월이 지나도록 정아가 나타나지 않았다. 바다는 많이 바쁘겠지, 라는 생각을 하면서도 어쩔 수 없이 신경이 쓰였다. 도시에 화려하고 재밌는 곳이 많으니 굳이 이렇게 멀리까지 오지 않는 마음도 이해가 됐다.

바다는 정아를 생각하면 웃는 모습이 먼저 떠올랐다. 강아지를 보며 웃던 모습. 커피를 한 모금 마시고 입맛에 맞는지 배시시 웃던 모습. 스피커 옆에 있는 작은 타자기를 눌러보더니 신기하다는 듯 웃던 모습. 바다는 정아를 보면서 때 묻지 않은 미소란 바로 저런 것이구나, 하는 생각을 처음 해봤다.

혼자였던 시간은 익숙하게 흘러 장마철이 되었다. 비가 계속 내린 뒤로는 손님이 뚝 끊겼다. 그런 날이면 바다는 조금 일찍 문을 닫고 저녁을 차려 먹었다. 손님이 없다고 속상해하기보단 저녁을 차려 먹는 게 더 나았기 때문이다. 비가 쏟아질 듯 내리는 날이었다. 바람까지 많이 불어서 파도는 방파제를 삼킬 듯 튀어오르고 있었다. 어두운 것을 싫어하던 바다는 일찍 어두워진 탓에 간판 불을 켜놓고 저녁을 차리기 위해 냄비에 물을 부어 가스레인지에 올렸다. 그때 인기척이 들렸다.

손님이라고 해야 할지 이름을 불러야 할지 모를 사람이 서 있었다. 정아였다. 삼 개월 만이었다. 그것도 홀딱 젖은 채로. 무슨 일이냐고, 무슨 일이 있냐고 묻고 싶었지만 이미 충분히 어떤 일이 일어난 사람인 것 같았다. 정아는 문 앞에서 아직 영업중이냐고 물었고 바다는 고개를 끄덕였다. 안으로 들어온 정아에게 자기가 입고 있는 셔츠와 가구 만들 때 입는 편한 바지를 정아에게 주었다.

"화장실은 이쪽이에요. 갈아입고 나오세요. 감기 걸리실 거 같은데……"

정아는 두 손으로 옷을 받고는 화장실 쪽으로 느리게 걸어갔다.

"저녁은 아직이시죠?"

정아가 고개를 끄덕였다.

바다는 냄비에 물을 두 배로 넣으며 혼자 중얼거렸다. 어차피 요리하면 더운데 반팔만 입고 하지 뭐. 옷을 갈아입고 나온 정아는 말없이 의자에 앉아 멍하니 기다렸다. 두 사람은 말없이 한 식탁에 앉아 저녁을 먹었다. 적막한 식사 속에서 먼저 말을 꺼낸 건 바다였다.

"간이 좀 강하지 않은가요? 간장맛이 많이 나죠. ……열 아홉에 부모님이 세상을 떠났는데요, 다른 건 견딜 만한데 다 같이 저녁 먹던 건 십 년이 지나도 생각나더라고요. 그중에서도 간장으로 한 요리가 자꾸 생각나요. 간장맛이 나는 요리를 먹으면 어딘가 슬프면서도 따뜻해지더라고요. 간이 좀 세더라도 맛있게 드셔주세요."

　바다의 말이 끝나자 정아가 고개를 푹 숙였다. 정아에게서 빗소리가 들리는 것 같기도 했다. 바다는 자신이 왜 그런 이야기 꺼냈는지 알 수가 없었다. 아마 비 때문이었으리라. 바다는 어떻게 해야 할지 잠시 고민하다가 노랫소리를 키우고 창문을 반쯤 열었다. 빗소리가 한층 더 거칠게 들려오기 시작했다. 바다는 빗소리를 등지고 정아를 바라보는데 그만 와락 안아버리고 싶다는 생각을 했다. 아마 그것도 비 때문이었으리라. 정아는 여전히 고개를 숙이고 있었고 바다는 내일부터 자신의 삶이 빠르게 변할 것 같은 기분이 들었다.

바다네 바다 2

1.

얼마 만에 쉬는지도 모를 날이었다. 정아는 사람이 없는 곳으로 떠나고 싶었다. 사람들 앞에 서는 일은 비좁은 절벽을 걷는 것과 비슷한 기분이었다. 유명해질수록 길이 더 좁아지는 느낌이었다. 한 사람밖에 서 있을 수 없는 비좁은 길 제일 앞에 자신이 서 있는 기분. 뒤에서 무수히 많은 사람이 그녀를 쳐다보지만 고개를 돌릴 수도 그렇다고 옆으로 피할 수도 없는 삶처럼 느껴졌다. 정아는 군중 속의 고독이란 말을 오래전부터 이해하던 사람이었다. 그녀는 자신을 치유

하는 나름의 방법이 있었다. 어떤 모습이든 자신을 사랑해 주는 강아지와 함께 사람 없는 곳으로 떠나는 것이었다. 처음 오는 동네를 구경하다가 이상한 종이 하나를 보았다.

영업중입니다.
바다네 바다.

정아는 아이 같은 사람이었으므로 세상 모든 사물에 관심이 많은 편이었다. 그런 그녀에게 무엇을 파는지 적혀 있지도 않은 가게와 가게 이름은 호기심 그 자체였다. 문 앞에서 망설였던 건 사람을 피해 온 것인데 또 사람을 만나야 한다는 사실 때문이었다. 조심스럽게 문을 열었을 때 정아는 문 열기 잘했다는 생각이 들었다. 강아지가 들어가도 되냐고 묻기 전에 한 남자가 이미 강아지를 보고 웃고 있었기 때문이다. 바다였다. 정아는 그곳이 좋았다. 공간은 무척 낡았지만 이상할 정도로 따뜻했으니. 정아가 키우는 강아지도 그곳이 좋은지 이곳저곳 냄새를 맡고 다녔다. 기분좋은 피아노 소리가 계속 흘러나오고 있었다. 한 번도 들어본 적 없지만 자꾸 듣고 싶은 곡이었다. 정아는 노래 제목을 물어보는 대신 커피 한 잔을 시켰다. 다정한 맛이 났다. 정아는 바다를 찾고 싶은 날일 때면 그곳에 들러야겠다 싶었다.

2.

정아의 삶은 늘 빠르게 흘러간다. 시대가 변하는 것에 속도를 맞추지 못하는 순간부터 세상이 그녀를 등진다는 것을 잘 알고 있었다. 그 생활이 지겹고 때로는 환멸감마저 느껴지기도 했다. 그렇지만 그만둘 수는 없는 일이었다. 오랫동안 한 일이고 잘할 수 있는 일이었으며 아직은 좀더 머물러야 한다고 생각했기 때문이었다. 그래도 다행인 것은 해가 지날수록 예전처럼 두꺼운 화장을 하지 않아도 된다는 것이었다.

도시가 한눈에 내려다보이는 곳에서의 식사. 집 한 채 가격과 비슷한 자동차들. 유명하거나 자신의 분야에서 어느 정도 높은 위치에 오른 사람들. 어디를 가든 호의적이고 신기한 눈으로 바라보는 사람들. 그런 생활을 누린다는 것이 처음엔 반가웠으나 그것도 금방 익숙해지는 일이었다. 일 얘기를 하고 화려한 곳에서 오래 머물수록 더 외로워지는 기분이 들었다. 시간이 흐를수록 정아는 가족들과 시간을 보내는 날이 많아졌다.

정아는 오랜만에 바닷가로 향했다. 이번에는 강아지 없이 혼자였다. 바다네 바다에 오래 머물고 싶었는데 그러기에는 혼자 가는 게 나을 것 같았다. 어김없이 바다가 그녀를 맞이해주었다. 정아는 몇 주 만에 그곳을 찾을 때면 어딘가 달라진 것 같지만 그대로인 것처럼 느껴지는 공간이 신기하게 다가왔다. 공간과 애매한 정체성만큼 궁금한 건 매번 흘러나오던 피아노 소리였다. 노래 세 곡이 반복해서 나왔다. 같은 사람이 연주하는 것 같은 음색이었다. 두번째 찾아갔을 땐 단순히 우연이라고 생각했다. 그녀가 도착한 시간에 우연히 그때와 같은 음악이 나오고 있는 거라고. 하지만 한 시간 가까이 머물러도 노래는 바뀌지 않았다. 세 곡이 반복될 뿐이었다. 세번째 바다네 바다를 찾았을 때 정아는 처음으로 말을 건넸다.

"혹시 지금 나오는 노래 누가 연주한 건지 알 수 있을까요?"

"마리카 다케우치입니다. 우리나라에서는 앨범 구하기가 쉽지 않더라고요. 연주하는 영상을 편집한 거예요."

"아, 그러셨구나. 연주가 너무 좋아서요. 감사합니다."

정아는 짧은 대화를 끝마치고 계속 중얼거렸다. 마리카 다케우치. 마리카 다케우치.

3.

누구든 계약서에 사인하는 순간 의무가 생긴다. 직장인이든 연예인이든 예술가든. 사인한 순간부터 회사에 이윤을 안겨줘야 할 의무가 생기고 동시에 스스로 만족할 수 있을 만한 작업을 해야 하는 의무도 생긴다. 두 가지를 조율하는 건 쉽지 않다. 그건 연예인뿐만 아니라 직장인에게도 어려운 일이다. 회사에 도움이 되면서 자신도 만족할 수 있는 생활을 하는 것. 쉬운 일이 아니다.

그래도 다행인 것은 해가 지날수록 화장이 옅어지는 것처럼 하고 싶은 일을 조금은 선택할 수 있다는 사실이었다. 반대로 이야기하면 언제나 나 아닌 이해관계를 위해 해야 하는 일이 존재한다는 뜻이기도 했다. 도망쳐버리고 싶은 일정을 소화할 때면 정아는 차에서 음악을 들었다. 신나는 노래를 들었다가 추천받은 노래를 들었다가 어느 날은 아무것도 듣고 싶지 않다며 모든 소리를 끄고는 했다. 일상이 버거울 땐 문득 바다네 바다가 떠올랐다. 그곳이 떠올라 마리카 다케우치 연주를 몇 개 찾아봤지만 그곳에서 듣던 노래는 찾을 수가 없었다. 운전중 가만히 피아노 연주를 듣고 있으면 입 안쪽에서 커피맛이 느껴졌다. 그녀는 차를 세워 길 한복판에 있는 곳에서 커피 한 잔을 사 왔다. 다정한 맛은 아니었다. 익숙한 도시의 맛일 뿐.

지금부터 꼼짝없이 몇 개월은 바쁘게 지내야 한다. 밖에는 꽃이 피었는데 정아는 대부분의 시간을 차에서 보내거나 촬영장에서 보냈다. 그렇게 봄이 지나갔다. 화장과 머리를 하는 동안 잠깐 잠을 자고. 집으로 돌아와 쓰러지듯 잠들고 일어나면 그녀에 대한 기사가 올라오고 다시 또 일하는 것의 반복이었다. 보상 아닌 보상으로 마지막 스케줄을 소화하면 한 달간은 스케줄이 없다고 했다. 정아는 그날만 기다리며 바쁜 나날을 견뎠다.

마지막 스케줄이 있던 날은 비가 내렸다. 장마가 시작됐다. 서울에는 비가 온다는 이야기가 없었지만 오후부터 흐려지더니 결국 비가 쏟아졌다. 정아는 마지막 스케줄을 마치면 집으로 돌아가 가족들과 저녁을 먹을 생각이었다. 촬영을 끝내고 집으로 돌아가기 위해 계단을 내려가고 있을 때였다. 정아의 발걸음을 멈추게 한 건 어떤 사람들의 목소리였다.

"같이 일하면 피곤하다고 했지? 조금만 녹화 길어지면 인상부터 쓰고 말이야."

목소리 사이로 담배 냄새가 따라 올라왔다. 정아는 자신에게 하는 말이라는 걸 알고 있었다. 그날 그 건물에서 촬영을 한 사람은 그녀밖에 없으니까.

그들과 마주치지 않으려고 소리가 나지 않게 다시 계단을 올라가다가 자신이 왜 소리 죽여야 하는가 싶어 문을 쾅 닫고 엘리베이터를 탔다. 얼른 집으로 돌아가고 싶은 마음

뿐이었다. 전화기를 들었을 때 회사에서 연락이 몇 통 와 있었다. 내용은 그랬다. 미안하지만 며칠 더 다른 촬영을 하자는 것이었다. 이것만 잘해내면 얼마나 이득이 될 수 있는지 줄줄이 설명을 곁들인 메시지였다. 정아는 모든 게 다 지겹게 느껴졌다. 오늘은 알아서 집에 갈게요, 라는 답장을 보내고 택시를 불렀다.

경적 가득한 도시. 빗방울로도 가라앉지 않는 먼지, 소음들. 차 번호를 알려주지 않는다면 어떤 택시를 타야 하는지 도무지 알 수 없을 만큼 가득한 자동차를 바라보며 거리에 서 있었다. 정아는 우산이 없었지만 곧 택시를 탈 테니 괜찮았다. 바다네 바다라는 곳으로 가달라고 말했다. 택시 기사는 도시에서 너무 떨어진 서쪽이라 다시 한번 물었다. 정아는 그곳이 맞다고 했다. 알겠다는 말과 함께 택시 기사는 그녀에게 연예인이 아니냐 물었다. 정아는 회색빛 도시에 떨어지는 빗방울을 보다가 약간 인상을 썼다. 그리고 이내 웃으면서 대답을 하고는 택시 기사가 하는 이야기를 흘려듣기 시작했다. 어디로 가야 숨을 쉴 수 있을까.

한참을 달리던 택시는 목적지에 도착했다며 차를 세웠다. 계산하고 차에서 내린 정아는 뒤돌아가는 택시를 불렀다.

원래 내려야 하는 곳이 아니었다. 바다네 바다는 보이지 않는 이상한 바닷가였다. 정아의 소리는 빗소리에 묻혔고 택시는 약 올리듯 느리게 시야에서 사라졌다. 정아는 하필 오늘 같은 날 이런 일이 몰아 생긴다며 두리번거리기 시작했다. 길 끝에서 불 켜진 간판이 하나 보였다. 바다네 바다였다. 도저히 닿을 수 없는 거리는 아니었다. 정아는 비를 맞으며 그곳으로 달리기 시작했다.

달리는 동안 자신이 왜 그곳으로 가는지 의문 따윈 들지 않았다. 이끌리듯 달릴 뿐이었다. 간판은 켜져 있었으나 손님은 하나도 없었다. 정아는 영업을 하는 거냐고 물었고 그는 그렇다며 고개를 끄덕였다.

한여름이었지만 비를 맞은 탓에 제법 쌀쌀했다. 무언가를 만들 생각이었는지 잠깐 켜둔 가스레인지 덕분에 실내는 따뜻했다. 그때야 정아는 자신을 이상하게 보면 어떡할까, 걱정되었다. 초저녁에 이렇게 비 맞은 채로 영업하느냐고 물어보다니. 다시 돌아 나갈까 싶던 찰나 그가 다정하게 옷을 건넸다. 정아는 옷을 받고 화장실로 향하면서 자신이 왜 이러는 건지, 이 사람은 왜 무슨 일이 있냐고 묻는 대신 저녁 먹었냐는 말을 건네는 건지 천천히 생각했다. 답을 알 수가 없었다.

옷에선 옅은 커피 냄새가 났다. 정아는 무턱대고 찾아오긴 했지만 무슨 말을 해야 할지 몰랐다. 단순히 그 순간뿐만 그런 것이 아니라 오랫동안 쌓인 무늬 같은 것이었다. 타인이 자신을 어떻게 바라볼지 신경쓸 수밖에 없는 직업의 그림자였다. 말없이 음식을 떠먹고 있는데 그가 말을 꺼냈다.

"간이 좀 강하지요. 열아홉에 부모님이 세상을 떠났는데요. 다른 건 견딜 만한데 다 같이 저녁 먹던 건 잊혀지지가 않더라고요. 간이 좀 세더라도 맛있게 드셔주세요."

정아는 그 이야기를 듣자 고개를 들 수가 없었다. 왜 자신에게 이런 말을 해주는지 궁금하기도 전에 어딘가 아려왔기 때문이다. 그렇게 고개를 숙인 채 우는 것이 전부였다.

그때 그가 일어나서 피아노 소리를 키웠다. 마리카 다케우치 곡이었다. 여기서만 들을 수 있는 그 노래. 정아는 어디선가 빗소리가 크게 들려오는 것을 느꼈다. 이 사람, 슬픔을 아는 사람 같아. 그래서 세상이 다 나를 등진 것 같은 기분이 드는 날 이 사람을 찾아오고 싶었던 걸까. 자신에게 물었지만 답을 할 수가 없었다. 자꾸 눈물만 나올 뿐이었다. 그 사람만 괜찮다면 안기고 싶었다.

봄

겨울이 좋다. 어느 하나 버릴 것 없이 좋은 게 사계절이라지만 유독 겨울이 좋다. 몸에 열이 많은 이유기도 하겠으나, 춥다는 이유로 가깝게 붙어 걸을 수 있는 것도 이유겠으나, 눈이 많이 오면 모든 걸 지우고 다시 시작할 수 있을지 모른다는 희망 때문이겠으나, 무엇보다 좋은 건 다음 계절과의 간극이다. 봄에서 여름으로 넘어가는 건 따뜻한 상태에서 조금 더 뜨거워지는 일이다. 여름에서 가을도, 가을에서 겨울도 뜨거웠던 온도가 조금 내려가는 일이다.

겨울에서 봄이 되면 정반대의 일이 일어난다. 어떻게 그렇게 달라질 수 있을까 싶을 정도로 차갑던 바람에 갑자기 봄이 묻어나면 얼마나 설레던지. 봄을 떠올리면 어딘가 간지러워지는 것도, 마음이 말랑해지는 것도 한순간에 정반대로 바뀌는 영향 때문이지 않을까.

좋은 날씨는 사람들의 마음을 데운다. 선선한 바람이 불거나 어딘가로 떠나고 싶을 만큼 하늘이 쨍하거나 하는 일들. 시간이 흐르는 건 야속해도 봄이 오는 건 늘 설레는 일이다. 공원에 가거나 햇살 아래 늘어지게 누워도, 미뤄둔 영화를 보거나 빨래를 해도 좋다. 간단한 저녁을 차려 먹을까. 앞산에 가는 건.

소박하고 사소한 것들이 늘 우리를 웃음 짓게 한다. 한 사람과 일상을 누릴 수 있다면. 함께 휴식할 수 있다면 그것 역시 또다른 봄일 텐데.

날씨가 좋을 때면 생각나는 사람이 있다.

사랑이라는 말 대신

노래를 듣고 있는데 많은 노래가 사랑 이야기라는 걸 문득 깨달았다. 조금만 고개를 돌리면 어디에나 사랑이 가득하다. 도대체 인간에게 사랑이란 어떤 의미일까. 얼마큼의 가치를 가질까. 어쩌면 전부일지도 모른다고 생각했다. 사랑을 떠올리면 보통 멜로를 떠올리는 경우가 많은데 꼭 그렇지 않다. 아등바등 사는 것도 이렇게 글 쓰는 것도 출근하는 것도 다 잘 살고 싶은 마음에서 그러는 것이다. 삶을 잘 살고 싶다는 것. 그것도 사랑의 한 종류다. 언제나 다양한 모습으로 우리 곁에 머문다.

오랜 시간 동안 사랑을 이해하느라 모든 시간을 사용하고 있다. 한때는 그것이 나에게 가득했고 한때는 절실했으며 어떤 날은 단 한 톨도 내 곁에 있지 않았다. 없어서 알고 싶었고 곁에 있기에 들여다보고 싶었다. 어쩌면 나의 일은 사랑을 정면으로만 바라보는 게 아니라 옆모습과 뒷모습을 모두 그리는 걸지도 모른다는 생각을 한 적이 있다.

나에게 있어 사랑은 설렘 가득한 일이 아니다. 늘 아프고 마음이 저릿한 것이었다. 망설임의 근원. 고통의 출발지. 아무런 다툼 없이 잘 지내다가 대낮에 이제 그만 만나자는 말을 들었다던 사람이 있었다. 그는 도저히 이별을 받아들일 수가 없어 내게 전화를 걸고 책을 읽었다. 어떤 사람은 우연히 전시회에서 한 여자를 만났는데 그날 저녁 카페에서 또 마주쳤단다. 참을 수가 없어서 말을 걸었는데 그게 인연이 되어 연인이 되었단다.

사랑만큼 불확실하고 불완전한 것은 없다. 어디서 시작할지도 모르고 어디서 끝날지도 모른다. 연인이 나에게 아무리 좋아한다고 말해도 진짜 그 사람 마음을 우리는 알 수가 없다. 눈에 보이는 것들로 믿으며 이어갈 뿐이지 사랑의 절반은 미확인이다.

당신은 나를 사랑한다면서 왜 나를 아프게 하는 건지요.

사랑이라 말하고 얼마나 많은 상처를 주었는가. 나한테 있어서 사랑을 시작하겠다는 건 온통 낭만으로 나를 치장하겠다는 것이 아니다. 온몸이 만신창이일지라도 한 사람을 보는 눈만큼은 또렷하겠다는 뜻이다. 사랑이 오직 아름답기만 한 거라면 사랑이란 이름의 슬픔은 어디서 탄생한 것일까. 함께하는 사람들은 왜 그토록 마음에 멍을 가지고 사는 건지. 사랑은 행복인 동시에 절망이다. 희망인 동시에 질병이다. 그래서 난 사랑을 좋아하지만 사랑이란 말 자체는 믿지 않는다. 누군가를 흠모하고 애정하고 그리워하고 손을 잡는 것은 아름답지만 실제 사랑이란 말은 아프다. 비이성적이며 불확실하다.

내 모습을 곧이곧대로 보여줄 수 있는 사람을 만난다면. 그 사람과 진정으로 삶을 여행하고 싶어진다면 이렇게 말하고 싶다. 산책이나 할까요? 못 미더운 사랑이란 말은 밀어두고요. 어쩌면 내가 할 수 있는 가장 진실된 고백일지도 모르겠다.

그해 여름

　제주였다. 그해 여름은 제주에서 지냈다. 막연히 사랑하는 사람과 섬으로 떠나고 싶다는 오랜 꿈을 이루게 된 날들이었다. 지금이라면 지중해에 있는 섬이나 어떤 무인도를 떠올릴지도 모르겠으나 그땐 어렸다. 머릿속으로 떠올릴 수 있는 섬은 제주도가 전부였다. 모든 게 어설펐다. 내가 사랑을 잘하고 있다는 착각마저 하고 있었다. 누군가를 많이 좋아하면 다 이뤄지는 줄 알았다. 연인 사이에서 모든 걸 희생하고 매일 꽃을 선물하면 그 관계가 영원할 거라 믿던 시절이었다. 사랑은 사랑만으로는 안 되는 때도 있는 법인데.

당신은 여행 가는 걸 좋아하지 않는 사람이었다. 떠날 때마다 비가 온다는 게 이유였다. 아니나다를까 우리가 떠나기로 한 오전부터 날씨가 심상치 않았다. 제주에 도착해서 짐을 풀 때쯤 빗방울이 조금씩 떨어지기 시작했다. 비가 오고 바람까지 많이 분다면 제주에서는 할 게 없다. 특히 여행을 온 사람들은 더욱더. 우린 사랑을 하고 있는 소년 소녀였기에 무방비였다. 아무런 준비도 없이 쏟아지는 빗방울과 바람 사이에서 머물러야 했다.

당신은 모든 게 당신 때문이라고 했다. 당신이 여행을 떠났기 때문에 비가 오는 거라고. 당신은 늘 이 모양이라면서 물에 빠진 사람처럼 모든 게 젖어 있었다. 카메라만 챙겨 당신 손을 덥석 잡고 문을 나섰다. 어디든 가서 밥이라도 먹자고. 돌아다니다보면 기분이 나아질 거라며 쏟아지는 비를 피해 건물 사이로 가지 않고 바다를 향해 달렸다. 비가 오는 건 우리가 어쩔 수 없는 것이니 그 사이에서 잘 지내면 된다는 걸 말해주고 싶었다. 비가 오는 건 그냥 비가 오는 것뿐이라고. 이건 당신 탓도 나의 탓도 아니다.

날씨가 좋을 땐 사람이 가득차는 해안가로 향했다. 주차장에 도착했을 때 보란듯이 빗방울이 더 굵어졌다. 도저히 우산으로는 견딜 수 없는 비였다. 사람들은 해안가에서 무슨 일이라도 난 것처럼 일제히 주차장을 향해 달려오고 있었다. 난 잠시만 기다리라고 말한 뒤 우비를 사러 뛰었다. 우산은 쓰지 않았다. 빗속으로 달릴 땐 우산이 없어야 빨리 갈 수 있는 법이니까. 멋들어진 섬은 몰라도 빗속을 달리는 것쯤은 할 수 있는 사람이었다. 당신과 나는 우비를 입고 사람들과 반대편으로 걸었다. 알 수 없는 것에 대한 반항이었다. 사람들은 해안가로 향하는 우리를 빗방울 사이로 이상하게 쳐다봤지만 난 그럴 때마다 당신 손을 더 꽉 잡을 뿐이었다.

해안가에 있는 모든 상점은 마치 약속이라도 한 것처럼 닫혀 있었다. 당신은 역시 그럴 줄 알았다며 기울어졌다. 반대편에 카메라를 세워놓고 사진을 찍자고 했다. 여긴 원래 사람 많은 곳인데 이렇게 한 명도 없는 건 드문 일이라면서. 마치 여기가 우리의 마당이라도 되는 것 같지 않냐며 두 팔 벌려 사진을 찍었다. 그제야 당신은 조금 웃는 것 같았다. 배가 고프면 저기 버려진 것 같은 가게에 들어가 돌이라도 부딪쳐 불을 피워주겠다고. 원하면 바다에 뛰어들어 뭐라도 건져오겠다고 말하자 그제야 명백히 웃었다. 애석하게도 빗방울은 우리가 머무는 동안 사그라들지 않았다. 서울

로 올라가기 위해 공항에 도착했을 때나 조금씩 그치기 시
작했다.

　오래전 일이다. 어린 시절처럼 아득하다. 당신을 닮은 딸
이 세 살이라고 했던가. 나는 알고 있다. 가정을 꾸려 잘 살
고 있는 당신을 잠시라도 그리워하면 안 된다는 것을. 하지
만 어떻게 모른 척할 수 있겠는가. 덧없이 맑던 그때 그 시절
을. 잘못된 건 줄도 모르고 퍼붓기만 하던 사랑의 폭우를.
우산도 없이 뛰어가면 당신이 나를 떠나지 않을 거라 생각
하던 그 오해를. 그해 여름처럼 비라도 쏟아졌으면 좋겠는
데 삼월의 제주는 포근하다. 빗방울 하나 없이 유채꽃만 가
득할 뿐이다. 누가 물감을 뿌려놓은 것처럼 아름답다. 아프
다. 아름다운 건 언제나 아프다.

붉은 새

멀리 떨어진 곳에 입국조차 까다로운 나라가 있다. 그 나라의 시장에서는 새를 판다. 처음 그 이야기를 들었을 때는 새를 좋아하는 사람들이 살기 때문일 거라는 단순한 생각을 했다. 우리가 강아지를 많이 키우는 것처럼 새를 많이 키울 뿐이라는 것. 시장에서 새를 산 사람들은 그 새를 데리고 집으로 향하지 않는다. 산을 오른다. 작은 새장 하나씩 들고 높은 곳으로 오르는 모습은 어딘가 사연 있어 보인다.

정상에서 하는 일은 예상하지 못한 것이었다. 새에게 먹이를 주는 것도 같이 산을 산책하는 것도 아니다. 비밀을 말한다. 마음 깊숙한 곳에 있는, 나에게 어떤 말도 건넬 수 없어서 일방적으로 들어줄 수밖에 없는 존재에게 말하고 싶은 이야기. 그 이야기를 하는 것이다. 대화가 끝나고 나면 새장 문을 활짝 연다. 갇혀 있던 새가 털어놓은 이야기를 깊은 숲속에다가 대신 전달해준다. 많은 사람이 새장을 하나씩 들고 높은 곳으로 오른다. 비밀을 털어놓기 위해서.

기차를 타러 다녀왔다. 목적지가 있었던 건 아니다. 어딘가로 떠나야만 하는 시간표를 바라보는 것만으로도 잠깐 동안 삶의 목적이 생긴다는 건 괜찮은 일이니까. 나라는 사람은 어디서 출발해서 어디로 가는 걸까. 당신이라는 여행에 닿으려면 몇시에 출발하는 기차를 타야 하는 걸까. 어딘지도 모르는 곳으로 멍이 든 사람들은 떠나고 싶어한다. 비행기를 타고 기차를 타고 자꾸 흔들리면서 덕지덕지 붙은 생각들이 떨어져나가길 바라는 것이다. 그리움이나 눈물일지도 모른다. 가고 싶은 곳도 없으면서 기차를 탔다.

익숙하고 낯선 풍경. 기차가 빨라질수록 창문으로 스치는 장면 또한 속도를 내기 시작했다. 빗방울과 당신 얼굴이 스친다. 멀어지려고 온 것인데 무엇 때문에 다시 가까워지는 것인가. 눈 뜨고 있으면 온통 당신 얼굴만 떠올라 눈을 감았는데 왜 어둠 속에서도 떠오르는 건 당신인 건가. 지독한 사람. 사랑할 수밖에 없던 사람. 반듯하고 근사했던 사람이라 가까워지는 것조차 두렵게 만들던 사람. 어딘가로 도망가도 다 당신일 것 같다. 애초에 가고 싶은 곳도 없었으니 이름도 모르는 역에 내렸다.

그때 당신 입술처럼 붉은 깃털을 가진 새 한 마리가 내게 날아왔다. 멀어지려고 하는 나를 따라오며 계속 말을 거는 것 같았다. 괜찮아. 괜찮아. 나한테 이야기해봐. 새장에 갇히지 않은 새 한 마리는 자유롭게 나를 따라왔다. 한 사람을, 한 사랑을 잊고 오는 길이라고 말했다. 당신을 사랑하는데 당신이 나와 정반대의 사람처럼 느껴져서 두려웠다고. 깨끗하고 고운 사람. 아이처럼 얼굴에 어떤 불안도 느껴지지 않는 사람. 난 이 나이 되도록 은행일조차 제대로 볼 줄도 모르는데. 신발을 사려고 하면 내 발 크기가 얼마인지 헷갈려서 작거나 큰 신발을 신는 게 대부분인 사람인데. 그래도 당신이 이유 없이 허한 날이면 들려주고 싶은 노래를 알고 데려가고 싶은 곳을 아는 사람인데. 당신만 괜찮다면. 나에게 몸을 조금만 틀어준다면 당신을 위해 살아보고 싶다고 말하고 싶었던 사람인데. 함께하기에는 당신이 너무 근사하다는 이유만으로 전하지 못했다고. 외사랑이었던 당신 이야기를 꺼내놓았다. 붉은 깃털을 가진 새에게.

　나는 이제 어떤 이유를 만들어서라도 다시 살아가야 하
는 곳으로 돌아갈 것이다. 붉은 새 역시 자신이 날아왔던 숲
으로 돌아갈 것이다. 그곳에다가 내 이야기를 모두 풀어놓
겠지. 당신 생각보다 내가 당신을 더 사랑했다는 사실을. 전
하지 못한 사랑이었으나 언제든 소리치고 싶은 마음이었다
는 것을. 이 이야기는 씨앗처럼 땅에 박힐 것이다. 민들레 씨
앗처럼 떠돌아다닐 것이다. 그렇게 숲은 아름다운 꽃을, 그
늘을 가진 길쭉하고 넓은 나무를 만들어낼 것이다. 비밀은
아름다운 숲이 되고 샛노래진 숲은 사랑을 나누는 사람을
초대한다. 그쯤이면 너를 잊을 것이다.

미신

봉숭아 물이 첫눈 올 때까지 남아 있으면 첫사랑이 이루어진다. 남이섬에 가면 이별하게 된다. 첫눈 오는 날 첫눈을 손으로 잡으면 소원이 이루어진다. 커플링이 남자 반지 안에 여자 반지가 딱 맞게 들어가면 운명이다. 어디서 시작됐는지 알 수 없는 말이 세상에 가득하다. 미신처럼 떠도는 말들은 어디서 탄생했을까. 남이섬에 다녀왔을 때마다 이별했던 한 사람이 퍼트렸을지도 모르겠다. 어쩌면 첫눈 오는 날 가만히 그것을 바라보다가 저거라도 잡고 싶다는 생각을 했던 사람이 만들었는지도 모른다. 아니면 그냥 탄생했을지도.

초등학생 때였다. 티브이를 보면서 누나와 수다를 떨고 있는데 대뜸 누나가 그런 말을 했다. 집밖에서 구급차나 경찰차의 사이렌 소리가 나면 옷소매나 이불 같은 곳에 혀끝을 일곱 번 대야 한단다. 그래야 집에 안 좋은 일이 안 일어난다며 나에게 알려주었다. 나한테는 그게 하나의 미신으로 자리잡았다. 경찰차나 구급차 소리가 들리면 옷소매에다 혀끝을 일곱 번 가져다 대었다. 처음에는 아무렇지 않더니 몇 번씩 반복하자 혀끝을 가져다 대고 나면 위협적인 소리가 조금은 편하게 들렸다. 터무니없어 보일지 모를 이 행동은 내가 고등학생이 되어서까지 이어졌다.

자연스럽게 버릇과 미신 사이의 애매한 것이 사라졌을 때 누나에게 물었던 적이 있었다. 사이렌 소리를 들으면 옷소매에 혀끝을 일곱 번 가져다 대라고 했던 거. 어디서 들었던 이야기냐고. 놀랍게도 누나는 자신이 그런 말을 했다는 것조차 기억하지 못하고 있었다. 심지어 자신은 혀끝을 일곱 번 가져다 댄 기억도 흐릿하다는 것이다. 미신은 이렇게 오래 기억하는 사람이 전파하고 전파하며 보존되는 걸지도 모른다는 생각을 했다.

신기했던 건 동네마다 존재하는 미신이 따로 있다는 것이다. 누나가 나에게 미신을 알려주던 무렵 동네에서 유행하던 미신이 있었다. 어떤 터널을 지나갈 때 터널 입구부터 나올 때까지 숨을 참으며 소원을 빌면 그게 이루어진다는 것이었다. 유행처럼 번지던 이 말 때문에 소풍을 가던 날이면 터널 앞에서 아이들은 일제히 숨을 들이마셨다. 짧게 끝나는 어둠도 있었을 것이고 참을 수 없을 만큼 길게 이어진 길도 있었을 것이다. 실패하면 다시 터널을 기다리는 재미로 멀미 나는 버스가 조금은 괜찮아졌었다. 터널을 지나갈 때면 어둡고 이상한 소리 때문에 무서워했던 나 같은 아이에게는 더할 나위 없는 미신이었다.

그때 빌었던 소원 대부분은 좋아하던 짝꿍과 관련된 것들이었다. 그 친구도 나를 좋아해줬음 좋겠다, 우리가 사귀게 해주세요, 하는 그런 소원들. 별다른 기억이 없으니 내가 숨을 참지 못했던 것인지 터널이 소원을 들어주지 않은 것인지는 알 수 없다. 지금도 가끔 터널을 지날 때면 숨을 참고는 한다. 여전히 소원의 대상은 사랑하는 한 사람일 것이다. 어둠이 찾아오면 생각나는 건 사랑하는 사람일 테니까.

그날 아침

스무 살에 대학교를 들어가자마자 했던 일은 대학교를 그만두는 것이었다. 여러 이유가 있었다. 우선은 내가 생각한 것과 대학생활은 달랐다. 내 의지로 가고 싶었던 거라면 견딜 수 있었겠으나 가야 할 것만 같아서 간 대학은 무의미 그 자체였다. 나는 무엇을 좋아하는 것일까. 앞으로 어떻게 살 것인가. 스스로 던진 질문의 답을 고민할 때쯤 아버지가 쓰러지셨다. 기우뚱하던 고민은 그때 바로 섰다. 그만두어야겠구나. 사치구나.

농구장에 앉아 학과장인가 학부장님인가 하는 사람을 기다렸다. 그 사람을 부르는 명칭조차 기억나지 않는다. 저녁을 먹으러 가는 바람에 자리에 없다며 기다려야 한다고 했다. 한참을 기다린 뒤에야 만날 수 있었다. 잘 차려입은 사람은 처음 보는 나를 나무라기 시작했다. 너 때문에 학교에 올 수 있었던 한 명의 기회가 날아간 거라면서. 나는 뭐 팔자 좋아서 자퇴하는 것처럼 보이냐는 말을 하고 싶었지만 죄송하다고 말했다. 돌아서 나오는데 어딘가 역한 기운이 몰려왔다. 당당하지 못했던 나 자신에 대한 것인지 잘 차려입은 사람의 무례함이었는지 알 수 없지만 온몸이 거북했다.

농구장을 가로질렀다. 어딘가 꼬여버린 기분을 풀 수 있는 유일한 방법은 그것뿐이었다. 어둠이 어스름하게 깔리던 저녁. 또래 아이들은 농구를 하고 있고 잔디 위에는 연인이 앉아 있었다. 정류장으로 가는 길에 있던 식당은 일찍부터 술자리를 시작한 친구들로 가득했다. 그 모든 것을 등지고 동네로 돌아갔다. 그날이 나와 학교라는 곳의 마지막 인연이다. 동네로 돌아와서 제일 먼저 한 건 피시방에 가는 일이었다. 일자리를 찾기 위해서였다.

당장이라도 무언가 시작해야만 할 것 같았는데 막연하게 드는 생각은 돈을 버는 것이었다. 빨리 시작할 수 있는 일은 생각보다 없었다. 당장이라도 시작할 수 있는 일은 어딘가 꺼림칙하다 싶을 정도로 정보가 별로 없었다. 올바르지 못한 일처럼. 한참을 뒤적거리다가 어떤 패배감을 맛보고 집으로 돌아가기 위해 피시방 문을 여는 데 종이 하나가 붙어 있었다. 야간 아르바이트 구합니다. 계산대로 돌아가서 혹시 일할 수 있냐고 물었다. 다음날부터 바로 일을 시작했다.

하는 일은 간단했다. 계산과 청소가 전부였다. 많은 일자리가 그렇게 사람을 구하듯, 종이에 적혀 있던 것처럼 가족적인 곳이었다. 간단하게 끼니를 때울 수 있는 통조림 같은 것도 항상 갖춰져 있었다. 일하다가 배고프면 통조림에 들어 있던 것을 접시로 옮겨 전자레인지에 데웠다. 새벽에 먹는 저녁은 늘 그런 식이었다.

손님이 없을 때면 카운터에 앉아 『눈먼 자들의 도시』 같은 두꺼운 책을 오래오래 읽었다. 한두 권을 다 읽을 때면 한 달이 지나 있고는 했다. 일에 적응하는 건 자퇴 동의서에 사인을 하는 것처럼 쉬웠다. 쉬운 일의 반복이었지만 중요하게 생각하는 게 있었다. 청소였다. 오전 일곱시, 그때가 사람이 제일 없었기에 대청소를 했다. 매일 넓고 넓은 피시방 안을 닦고 또 닦았다. 종일 더러웠던 바닥이 빛나기 시작하고 담배 연기로 퀴퀴했던 곳에 아침 공기가 돌 때면 내 인생도 괜찮아질 것 같은 기분이었다.

야간 일이 끝나고 계단을 내려와 밖으로 나왔을 땐 언제나 눈이 부셨다. 종일 어두운 곳에 있다가 나온 세상은 눈을 똑바로 뜰 수 없을 만큼 밝았으니까. 내 아침은 언제나 바닥을 닦고 또 닦았던 덕분에 흘린 땀이 느리게 마르고 있었다. 이제 막 출근하거나 등교하는 사람들의 행렬과는 반대로 걸었다. 제대로 된 길도 없어서 찻길 가를 겨우 지나가야만 갈 수 있었던 집을 향해 걸었다. 할 수 있는 선에서 최선으로 정직하게 산다고 해서 세상이 나를 인정해주진 않는다. 하지만 최소한 내가 나에게만큼은 떳떳할 수 있다. 얼굴은 푸석했지만 집으로 향하는 길에 흙먼지 사이로 발자국이 선명하게 찍혔다. 닦고 또 닦았던 바닥처럼.

공중전화

일부러 시간을 내서 찾아가지 않으면 갈 수 없는 곳이다. 간판도 없거나 간판이 있어도 불친절하거나 자기 마음대로 운영하는 가게다. 도시를 벗어나 한참 가야 하는 곳이기에 근처에 놀러온 김에 커피 한잔 마시러 들르는 사람들이 대부분이다. 나처럼 철저하게 도시에서 멀어지고 싶어서 혼자 찾는 사람도 더러 있다. 큰 창을 여러 개 가지고 있어서 보기만 해도 눈이 시원해진다. 창가 앞자리는 사진 찍기 좋아서 언제나 연인들로 붐빈다. 내 옆에 한 연인이 앉아 있었다.

둘은 이상하리만큼 대화가 없었다. 서로 멍하게 전화기만 바라보고 있던 연인. 점심으로 뭘 먹을까 이야기 나누다 다투기라도 한 것일까. 그렇다고 하기에는 오래 그랬던 것처럼 침묵이 익숙해 보였다. 두 사람은 삼십 분 가까이 한마디 말도 없었다. 침묵하는 연인 주변으로 울리는 건 카메라 셔터 소리와 다른 사람들의 말소리였다. 들으려고 의도한 건 아니었지만 조용히 책을 보고 있는 나에게 연인의 대화는 잘 들렸다.

먼저 운을 뗀 건 남자였다.

"우리만 가만히 있네."

여자는 무슨 소리냐고 물었고 남자는 대답했다.

"이 공간에 있는 사람들, 다들 사진 찍고 대화하고 웃는데 우리만 가만히 있어."

여자는 건전지가 다된 시계처럼 멈춘 상태로 말을 이어갔다.

"그러게."

"우리 언제 이렇게 됐을까."

창문으로 쏟아져 들어오는 화창한 봄과는 대조적인 분위기였다. 봄 햇살도 데우지 못할 그들의 마음에는 무슨 일이 있었던 것일까. 둘은 다시 어떤 말도 하지 않았다. 창밖을 바라보거나 옆 사람을 쓸쓸하게 쳐다볼 뿐이었다. 지친 사람들처럼. 조금 더 앉아 있다가 둘은 아무 말 없이 일어섰다. 남자가 컵을 치우는 동안 여자는 출입문 쪽으로 걸어갔다. 카페에 있던 사람들은 약속이라도 한 듯 조용히 그 둘의 뒷모습을 바라봤다. 사월의 폭설 같았다. 어떤 영화의 한 장면처럼 보이기도 했다. 언제 이렇게 됐을까. 이미 권태기라고 이름 붙여야 할 것 같은 이 시간층은.

사랑하다보면 권태기가 오기 마련이다. 당장 인터넷만 돌아다니더라도 권태기 때문에 이별했다는 이야기가 가득하다. 권태기를 겪은 연인이 떠나가고 남겨진 사람이 쓴 글. 시간과 비례하는 익숙함을 견디지 못하고 떠난 사람이 쓴 글. 후회와 슬픔, 후련함이 가득하다. 연인 사이에 권태기가 오는 경우는 두 가지가 있다. 하나는 사랑의 역할이 한쪽으로 몰려 있는 경우다.

어디서 어떤 데이트를 할 것인지. 어디를 놀러가고 다퉜을 땐 어떤 식으로 화해할 것인지. 앞으로 어떤 관계로 지낼 것인지. 사랑의 전반적인 역할이 한쪽으로 몰려 있다보면 쉽게 지친다. 지치는 날이 쌓이고 쌓이다보면 연애 자체가 권태로워질 수밖에 없다. 혼자 아등바등하고 있다고 느껴지기 때문이다. 인간은 어떤 것이든 반복되는 것에 약하다.

다른 경우는 설렘에 지나치게 초점을 맞췄을 때다. 사랑은 무조건 설레야 한다 생각한다면 쉽게 권태를 느낄 가능성이 높다. 연애를 몇 년 했지만 만날 때마다 처음 만나는 것처럼 두근거린다는 사람들이 있다. 물론 그런 사람들도 있지만 그건 특별한 경우고 보통의 연애는 그렇지 않다. 설렘은 일상으로 변하기 마련이다. 영화관에 나란히 앉아 있다는 사실만으로도 가슴이 터질 듯하다가 익숙한 모습으로 나란히 앉게 되는 게 연애다. 그 대신 설렐 때는 하지 않았던 행동을 하나씩 하게 된다. 사진을 같이 찍는다든가 영화를 기다리는 동안 광고를 보며 수다를 떠는 식으로. 설레고 두근거리면 좋겠지만 늘 설레고 두근거리는 건 아니다.

사랑의 역할이 한쪽으로 쏠려 있던 시기가 있었다. 전력질주로 달린 사람처럼 숨이 찼고 격한 호흡은 관계의 숨마저 거둬가고 있었다. 그때 내가 나에게 내렸던 처방은 전화를 거는 것이었다. 섬에서 지내는 며칠 동안 공중전화를 사용했다. 지나가다가 공중전화가 보이면 멈춰 서서 전화를 걸었다. 동전이 없을 땐 오래전의 방식이긴 했지만 수신자 부담으로 걸 때도 있었다. 전화를 받은 사람은 전화기를 잃어버렸냐고 물었지만 나는 이렇게 대답할 뿐이었다. 주머니에 있어. 몇 분 되지 않는 통화가 오랜만에 우리를 좋은 웃음으로 감싸줬던 기억이 있다. 공중전화로 전화하기 위해서 처음 부스 안으로 들어갔을 때 알 수 있었다. 쉽게 전화하고 쉽게 만날 수 있다는 사실에 연락처조차 외우고 있지 못했다는 것을.

역할이 기운 것도 설레지 않은 것도 아닌데 사랑이 미지근하다면 남은 건 한 가지일지도 모른다. 무언가를 너무 많이 가지고 있기 때문일 것이다. 때론 너무 많이 가지고 있음으로 사랑에 절박해지지 않는다.

비밀 사서함

재미있을 것 같아서 시작한 일이었다. 누구도 시도하지 않은 일이라서 한 번쯤 해보고 싶은 일이었다. 작업실 문을 열면 바로 보이는 전봇대에다가 우체통 하나를 걸어놓았다. 비밀 사서함이라고 이름 붙이고 고민을 써서 넣으면 답장을 적어주는 이벤트였다. 중요한 사항은 두 가지였다. 꼭 실명이 아닌 가명으로 적을 것. 답변이 별로 도움이 되지 않을 수도 있으니 이해해줄 것.

약속한 시간에 우체통을 설치하고 도망치듯 작업실로 올라갔다. 삼십 분 지났을까. 혹시 편지가 왔을까 싶어 서성이

듯 우체통으로 향했다. 조심스럽게 좁은 입구를 들여다보는
데 소름이 돋았다. 평일 점심시간이었는데도 짧은 시간 안
에 온갖 색의 편지가 들어가 있었던 것이다. 꽃밭을 본 기분
이었다. 이름은 보통 이런 식이었다. 망원동 오리. 블루베리
를 좋아하는 곰. 절대 겹칠 일이 없어 보이는 이름이었다.

　편지는 하루 동안만 받기로 했다. 다음날 낮에 우체통을
수거하기 위해 작업실로 향했는데 한 남자가 서 있었다. 우
체통 앞에서 이리저리 망설이고 있는 모습이 편지를 넣으러
오신 분 같았다. 나를 마주치는 게 불편할 수도 있겠다 싶어
먼발치에서 기다렸다. 계속 우체통을 만지작거리고 이리저
리 움직이는데 정작 편지는 손에 들고 있는 게 아닌가. 무슨
일인가 싶어 조금 더 지켜봤더니 입구가 꽉 차서 더는 편지
가 들어가지 않는 것처럼 보였다. 우체통 위에 올려도 보고
어떻게든 넣어보려고 하는 듯 애를 쓰고 있었다. 이쯤이면
내가 개입하는 게 오히려 더 나을 것 같아서 인사를 건넸다.

　편지가 들어가지 않는 게 맞았다. 정확히 말하면 편지를
넣을 수는' 있지만 그러기 위해서는 편지가 많이 구겨져야
하는 상황이었다. 조심스럽게 들고 있는 봉투가 서글프게
보여서 시간 괜찮으면 차 한잔하자고 했다. 어차피 작업실로

올라가면 편지를 꺼내고 커피를 내릴 게 분명했으므로. 인천에서 오는 길이라고 했다. 멀지 않았냐고 물으니 올 만한 거리라는 대답이 들려왔다.

편지를 쓴 까닭은 이랬다. 좋은 책을 찾기 위해 인터넷에 검색했다가 한 블로그를 알게 됐다고 했다. 여자의 블로그에는 책을 추천하거나 일상을 기록한 글이 있었다고 했다. 남자는 하나씩 읽어보다가 댓글을 달았다. 지금 읽고 있는 책 재밌냐는 내용이었다. 그 댓글을 시작으로 둘은 비밀 댓글로 오랫동안 대화를 나눴다고 했다. 물론 남자의 블로그에는 아무것도 올려진 게 없었으니 언제나 남자가 먼저 댓글을 달아야 여자가 댓글을 다는 식이었다. 그렇게 두 달 넘게 대화를 나누다 그 사람을 사랑하게 된 것 같다는 게 고민이었다. 얼굴도 본 적 없고 목소리도 들은 적 없는 사람과 사랑에 빠질 수 있는지. 어떻게 하면 그 사람에게 부담스럽지 않게 다가갈 수 있는지를 물어보고 싶었다고 했다.

내가 물었다. 처음에는 대화만 나누는 것만으로도 좋았다가 나중에는 그 사람 얼굴이 궁금했다가 혹시 목소리가 듣고 싶었나요? 손을 잡고 거리를 걷고 싶은 생각도 들었고요? 남자는 수줍게 고개를 끄덕였다. 내가 해줄 수 있는 말은 하나밖에 없었다. 사랑 맞네요. 어쭙잖은 이야기로 조언을 해줄 처지가 아니기에 비슷한 상황이 그려진 영화 두 편을 추천했다.

〈파이란〉이라는 영화는 최민식과 장백지의 사랑을 다룬 영화다. 중요한 건 둘은 한 번도 마주보지 못했다는 것이다. 중국인인 장백지는 한국으로 들어와 일하기 위해 최민식과 부부인 것처럼 위장하게 된다. 장백지가 병으로 죽게 되자 서류상 남편이었던 최민식이 사람이 죽었을 때 해야 하는 일을 치르게 되면서 장백지를 알게 된다. 그 과정에서 비로소 사랑을 느끼는 내용이다. 영화 〈HER〉는 어떤가. 편지 대필 작가였던 테오도르가 스스로 생각하고 느끼는 인공지능 사만다를 만나게 되면서 자신의 이야기를 들어주는 인공지능과 사랑에 빠지는 내용을 담은 영화다. 두 영화 다 중요한 건 서로 함께 걸어보지 못했다는 것이다. 서로의 온기를 느껴본 적이 없다는 것이다. 그럼에도 사랑에 빠지는 사람들이 있는데 얼굴 한 번 못 본 게 뭐 그리 큰일이냐고 나는 말했다.

"편지는 저한테 주는 게 아니라 그분에게 직접 드리는 건 어떠세요?"

남자는 알았다는 듯 고개를 끄덕였다. 남은 차를 단숨에 마시더니 어떤 결정을 내린 사람처럼 눈빛이 또렷했다. 와 주셔서 감사하다고 말하며 배웅을 나섰다. 두꺼운 작업실 철문이 닫히자마자 계단을 빠르게 내려가는 소리가 들려온다. 멀어져가는 발소리를 들으며 차마 하지 못했던 말을 했다. 원래 엄마 얼굴 한 번 보지 못한 아이가 엄마를 제일 그리워하는 법이라고. 바다를 한 번도 보지 못했던 사람이 바다를 어떤 병처럼 사랑하게 되는 거라고. 곁에 없기 때문에 오히려 더 간절한 것이 있다고.

이끌린 이후의
다정한 세계

두 사람

　두 사람은 이별한 지 일 년이 지난 사이였습니다. 사랑이
소멸하는 데는 여러 이유가 있겠지만 두 사람의 이별은 이
러했습니다. 어떤 새벽 때문이었어요. 여자는 술에 취한 상
태로 오래 알고 지내던 사람에게 사랑한다고 말했습니다.
늦은 시간이었습니다. 여자는 바람이 아니라고 생각했어요.
외로웠고 불안했고 순간이었으며 진심이 아니었으니까요.
그저 익숙한 사람이 아닌 적당히 낯선 사람과의 연락이 조
금 즐거웠을 뿐이었습니다.

남자는 연인이 있는 상태에서 그러는 건 엄연한 외도라며 핏대를 세웠죠. 아무렇지 않게 나 아닌 사람에게 그런 말을 할 수 있다는 사실을 받아들일 수가 없다고요. 둘은 그렇게 의견 차이를 좁히지 못하고 이별에 당도한 것입니다. 헤어지던 날 남자는 그런 말을 했습니다. 너와 멀어지는 게 너와 가깝게 있는 것보다 편할 것 같아. 여자는 미안하다며 울었고 남자는 뒷모습만 남긴 채 떠났습니다. 어딘가 후련하기도 한 모습이었습니다.

집으로 돌아가는 길에 남자는 사랑이 가진 잔인함에 대해 생각했습니다. 자신이 너무 순수하게 살았던 것인지. 아니면 인간이란 원래 이런 존재인 것인지. 그렇게 그녀를 미워하고 마음속으로 저주 아닌 저주를 퍼붓다가 버스에 앉아 울었습니다. 그녀에게 외로움을 안겨준 것도 사실이었기 때문이었죠. 한 사람은 울고 있는데 창밖의 풍경은 아름답기만 했습니다.

떠나는 남자의 뒷모습을 보던 여자는 그 자리에 앉아 흐느꼈습니다. 당장 달려가서 붙잡고 싶지만 어떤 말을 해야 할지 알 수가 없었습니다. 더는 울 수 없을 만큼 울었을 때 그녀는 자신에게 물었습니다. 이유가 어떻게 됐든 만약 저 사람이 나 아닌 다른 여자에게 사랑한다는 말을 했다면 난 어떻게 반응했을까 하고요. 여자는 간절히 시간을 되돌리고 싶어했습니다. 자신이 했던 행동이 도무지 이해되지 않았습니다. 둘은 서로 다른 공간에서 서로를 이해하며 멀어지고 있었습니다.

두 사람은 각자의 방식으로 서로를 잊었습니다. 여자는 새로운 사람을 여러 번 만났으며 남자는 대부분 혼자 시간을 보냈습니다. 여자의 인연은 오래가지 않았습니다. 누구를 만나도 그 남자와 함께했던 시절의 그리움은 연해지지 않았죠. 남자 역시 사랑을 시작하려고 노력해보지 않은 건 아니지만 그럴 때마다 번번이 실패했습니다. 언젠가 이 사람이 나 아닌 다른 사람에게 사랑한다고 말할지도 모르는 불신이 자신도 모르는 사이 피어오르고 있었습니다. 게다가 삶은 여전했으니 여전히 한 사람을 외롭게 할 거라는 생각도 했습니다.

일 년 만에 침묵을 깬 건 여자였습니다. 술에 취한 상태로 어떤 저녁에 메시지를 보낸 것입니다. 꿈에 남자가 나왔다면서요. 잠깐만 만나자는 말을 했습니다. 연락을 받은 남자는 예전 기억이 떠올라 다시 괴로워하기 시작했습니다. 그녀는 떠났는데 여전히 누군가를 믿지 못하게 된 자신의 상황이 더 괴롭게 느껴졌죠. 남자는 여자를 만나면 그때 하지 못했던 말을 하려고 했습니다. 넌 정말 못된 짓을 한 거라고요. 두 사람은 남자의 집 앞 공원에서 만나기로 했습니다. 여자는 택시를 타고 남자를 만나러 가는 동안 조금 슬펐습니다. 이번에도 자신이 그에게 가고 있다는 사실 때문이었죠.

오랜만에 만난 둘은 떨어져 있던 시간만큼 어색했지만 함께했던 시간만큼 금방 가까워졌습니다. 남자는 준비한 말을 하려고 했지만 입이 떨어지지 않았습니다. 아무 말 없는 그녀의 모습을 가만히 보다가 다시는 연락하지 말라는 말만 건넸습니다. 이런다고 달라질 건 없다고 말하고 싶어서 만난 거라면서요. 여자는 가만히 이야기를 듣다가 지금 만나는 사람이 있냐고 물었습니다. 남자는 혼자라고 말했습니다. 여자는 꿈에 남자가 나왔는데 너무 행복했던 시절의 모습 그대로 나와서 참을 수가 없었다고 말했습니다. 남자는 지난 일이라며 그런 일 때문에 연락하는 일은 이번이 마지막이길 바란다고 했습니다. 이렇게 만난 건 다시 시작하고 싶어서가 아니라 한번 더 확실해지고 싶었다면서요. 다시 시작하기에 우린 너무 멀리 왔다면서요. 이렇게 끝난 사이를 그리워하는 건 잘못된 그리움이라는 말까지 더했습니다. 여자는 남자의 단호함을 느끼고는 알겠다며 일어섰습니다.

서로 반대 방향으로 멀어지는 두 사람. 남자는 계단을 올라가며 의아했습니다. 못된 말을 하려고 나간 건데 왜 또 그녀의 이해를 돕고 있는 건지요. 여자는 자신에게 더는 마음 없는 남자를 보고 이젠 진짜 보내줘야겠다는 생각이 들었는데 왜 이토록 멀어지자마자 목소리라도 다시 듣고 싶은 건지요. 여자는 남자에게 전화를 걸었습니다. 남자의 전화기에서는 저장되지 않은 번호가 울렸지만 남자는 알 수 있었습니다. 그녀라는 걸요. 서로에게 멀어질수록 밤은 깊어질 것입니다. 일 년 만에 만난 두 사람은 무엇을 되돌리고 싶어 했던 걸까요.

완벽한 이별

내 삶에 있어 첫 상실은 아이스크림이었다. 비유가 아닌 사실 그대로다. 어린 시절, 동네 어르신들이 아이스크림을 사주시면 난 무조건 절반을 남겨 누나에게 가져다주었다. 누나가 어디에 있든 어느 계절이든 상관없이 꼭 절반을 남겼다. 그랬던 이유는 단순했다. 누나도 먹고 싶을 것 같아서였다. 애석하게도 항상 누나에게 도착했을 땐 절반의 절반도 남아 있지 않았지만. 그만큼 줄어든 부피가 나에겐 첫 상실이었다.

눈이 많이 오던 겨울, 아빠랑 연탄을 굴려 만들었던 눈사람이 햇볕에 녹아 다음날 사라졌을 때. 키우던 강아지가 사고로 세상을 떠났을 때. 초등학교를 졸업하지 못하고 정든 동네를 떠나 서쪽으로 이사 왔을 때. 가까웠던 사람이 죽었을 때. 연인이었던 사람과 남이 됐을 때. 시간이 흐르면서 상실과 이별의 종류도 다양해졌다.

한 사람이 무언가를 잃었을 때 그것이 죽음이든 상실이든 소멸이든 이별이든 대처하는 방식은 비슷하다. 부정, 분노, 협상, 우울, 수용. 이 다섯 가지 단계를 거친다는 이론이 대표적이다.

연인과 헤어졌을 때를 떠올리면 이해가 쉽다. 처음엔 부정한다. 우리가 이별했다고? 서로 헤어지자는 말을 하고 알겠다는 대답을 했어도 부정의 단계에서는 여전히 연애하는 듯한 기분이 든다. 보이지 않는 실로 연결된 기분. SNS를 들여다보고 메신저 프로필 사진을 확인하고 나눴던 대화를 다시 보기 시작한다. 그러다 어떤 사진을 보거나 어떤 사실을 오해하거나 어떤 이야기를 들으면서 분노의 단계에 접어든다. 어떻게 나한테 그럴 수 있지? 어떻게 벌써 그럴 수 있지? 곁에 붙어 있어도 허구한 날 오해하고 싸우는 게 연인인데 떨어져서 바라볼 땐 오죽하겠는가.

그 단계에서 연인을 욕하는 사람은 아직 성숙한 사랑을 하지 못하는 사람이다. 분노의 단계를 어떻게 보내느냐가 중요하다. 분노는 에너지가 강하기 때문에 자칫하면 서로에게 더 많은 상처를 남길 수 있으니까. 그 단계가 잘 지나가고 나면 이제 협상에 접어든다. 다른 사람 만날 거야. 자기 관리 열심히 해서 멋있어질 거야. 예뻐질 거야. 돈도 모아야지. 헤어스타일도 바꾸고 나를 더 꾸며야지. 그렇게 자신만의 삶을 잘 살아보려고 노력하다가 이내 부질없음을 느낀다. 누구를 만나고 무엇을 해도 내 곁에 있었던 그 사람만 못하다는 생각이 드니까. 마음을 맞춰가는 것도 피곤하고 자주 다퉜어도 나를 가장 잘 알아주던 건 그 사람이었으니까. 어쩌면 우울의 단계에서 자신이 매력 없어서 헤어졌다는 생각을 할 수도 있다. 보통 연애에서 자존감이 낮아지는 경우는 우울의 단계에서 찾아온다.

인간은 늘 고통에서 벗어나고 싶어하고 답을 알고 싶어한다. 그 욕망이 수용의 단계로 우리를 안내한다. 부정도 해봤고 화도 내봤고 협상도 해봤고 울어도 봤는데 여전히 그 사람은 내 곁에 없으니까. 아니 있더라도 예전만 못하니까. 그때야 알게 된다. 우리 사랑은 여기까지구나. 서로 사랑했던 길이만큼, 딱 그 길이만큼 함께 걸었다는 걸 그제야 받아들이게 된다. 그리고 마침내 그 사실을 깨달았을 때 서로를 연결하고 있던 실이 끊어진다. 툭 하고. 모든 이별은 수용할 때 끝난다. 끝났다는 것을 받아들였을 때 그때 완벽한 이별이 이뤄진다.

이별은 신중해야 돼.
그 말을 뱉기 전에 눈을 감고 떠올리는 거야.
시간이 흐른 어느 먼 훗날,
미움이라는 먼지가 가라앉고 좋은 기억만 떠올랐을 때.
그때도 그 사람이 그립지 않아야 돼.
네가 무언가를 이뤄냈을 때 '나 잘했지?' 라는 말을
하고 싶은 사람이 다시 그 사람이어도 안 돼.
이별은 한 번 말로 뱉고 난 뒤로
너무 쉬워지거든.

가까웠던 사람

　오랜만에 술을 진탕 마시고 아침에 눈을 떴을 때 그런 느낌 있지 않은가. 집에 어떻게 왔는지도 모르겠고 내 물건이 어디에 있는지도 모르겠는 기분. 황급히 찾은 전화기를 만지작거리다 문득 알람 하나를 보았다. 친구의 생일이란다. 거듭 생일이 맞는지 확인하고는 고민에 빠졌다. 축하한다고 메시지 보내볼까? 그리고 이내 불편한 감정이 들었다. 축하 메시지 보내는 걸 고민하는 사이가 아니었는데 어쩌다 이렇게 됐을까 싶어서. 술도 덜 깬 아침. 건조한 몸과 뜻밖의 생일 때문에 마음이 뒤엉켰다.

그는 오래된 친구였다. 어릴 때 가까워진 사이라 친해진 이유는 딱히 기억나지 않는다. 어느 순간 돌아보니 내 모든 이야기를 다 알고 있는 사람은 그 친구 하나였을 정도로 우리는 가까워졌다. 그림 그리는 걸 좋아하던 아이. 카페에서 그는 종일 만화를 그리고 나는 뭐라도 되겠다며 글을 끄적거리다 집으로 돌아가는 길에 맥주 한잔까지 할 정도로 할 말이 많은 사이였다. 그런 사이가 어째서 생일 축하 메시지를 고민하게 된 걸까.

각자의 환경이 달라지긴 했다. 일찍 결혼하는 게 삶의 가장 큰 목표였던 친구는 좋은 아내를 만나 어린 나이부터 함께 살기 시작했다. 당연하게도 만나는 횟수는 조금씩 줄어들었다. 어쩌다 만나기라도 한다면 친구는 신혼부부 대출에 관심을 두고 있었고 나는 여전히 좋아하는 예술가들이 쓴 표현에 관심을 두었다. 점점 함께 나눌 수 있는 이야기가 없었다. 그러고 보니 카페에 앉아 그림을 그리는 모습을 마지막으로 본 게 언제인지 까마득하다. 달라진 환경은 세상을 대하는 방식마저 다르게 만들었다. 그 작은 균열은 자라고 자라 우리 사이에 거대한 벽이 되어 있었다. 시간은 그런 모습으로 흘렀다.

얼마 전에도 다른 친구와 멀어졌다. 가끔 삐걱거리기는 했으나 잘 지내는 편이었는데 결국 그렇게 됐다. 기억하는 그 친구의 마지막은 내 앞에서 울던 모습이었다. 사내 둘이 싸웠는데 서로를 아꼈던 탓에 이별하는 연인처럼 울었다. 그 정도로 다툴 일까진 아니었는데. 그 친구만 생각하면 덜 익은 열매를 먹은 것처럼 입안이 쓰다. 비단, 두 사람뿐일까. 가깝다가 멀어진 사람들을 종이 위에 하나씩 적다보면 한 페이지를 가득 채울지도 모르겠다. 사는 동안 가까워진 사람이 더 많을까. 가까워졌다가 멀어진 사람이 더 많을까.

이별하며 사는 건 누구에게나 해당하는 일이다. 세상에 영원한 건 없는 것처럼 어떤 관계도 영원하지 않을 것이다. 나를 둘러싼 환경이 바뀌거나 시간이 지나 달라진 가치관 때문에 멀어질지도 모른다. 어쩌면 그 자리에 그대로 있었 다는 이유로 낡고 바래지듯 관계가 소원해질지도 모른다. 앞으로도 만나고 이별하고 멀어지고 가깝게 지내며 살아가 겠지. 하지만 그 어떤 것과 가까워지더라도 사랑했던 사람 들과 멀어지는 일은 내게 여전히 아프다.

빗소리

작업실에서 전시회를 할 때였다. 이층 전체를 꽃밭으로 만들고 그 사이에 넣어놓은 글을 읽는 전시였다. 시각적인 것뿐만 아니라 청각적인 요소도 신경쓰고 싶은 마음에 빗소리가 섞인 피아노 노래를 틀었다. 한쪽에 준비된 '낙화'라는 공간 때문이었다. 꽃이 피고 지고 다시 피는 과정을 공간화시킨 구석에 무덤 아닌 무덤이 있었다. 전시 도중에 시들어버린 꽃을 모아두고 그 사이에 버리고 싶은 기억을 적어버리면 전시가 끝나고 같이 소각할 예정이었다. 꽃 사이에 묻어버리고 싶은 건 슬픔이나 그리움일 거라 생각했다.

〈지금 만나러 갑니다〉라는 영화는 장마철이 되면 세상을 떠난 아내가 생기 가득한 모습으로 나타나는 이야기를 다루고 있다. 『언어의 정원』이라는 만화도 비가 오는 날에 공원에서 우연히 만난 한 남녀에 대한 이야기를 다룬다. 빗소리는 그리움을 불러일으킨다.

죽은 꽃이 가득하던 곳에 마치 누가 읽어도 괜찮다는 듯이 펼쳐진 종이에는 그리움이 가득했다. 이미 곁에 없을 사람에게 보내는 다정한 말들.

—나, 사월에 결혼해.
  당신이 아니면 어떻게 안 될 것 같았는데
  그래도 살아가네.

—여기서
  네가 키우던 강아지 냄새가 나.

—시간이 지나고 나면
  전시회가 그립겠죠?
  다시 올 수도 없을 거고요.

빗소리는 그리움이 되고 그리움은 빗소리가 되어 우리 곁에 머문다. 어쩌면 장마는 한 시절을 충분히 그리워하라고 누군가 만든 걸지도 모른다고 생각했다. 터벅터벅. 타닥타닥. 뚝뚝. 어딘가에 부딪히는 물방울 소리가 꼭 누군가의 발소리 같다. 그래서 눈이 오면 밖을 좀 보라며 전화를 걸고 싶고 비가 오면 누군가를 마중나가고 싶은 것일까. 그리운 사람을. 그리울 사람을.

다툼의 원인

이별의 사유는 다양하다. 한눈을 팔아서, 물리적 거리를 이기지 못해서, 서로가 가진 상처가 덧나서, 빨리 타오른 나머지 급하게 식어버려서. 각자 사연으로 이별하겠지만 많은 연인이 자주 다툰다는 이유로 헤어진다. 다툼은 의견이나 이해의 대립으로 서로 따지며 싸우는 일을 뜻한다. 중요한 건 서로의 입장과 생각이 옳을 때 시작된다. 갈등은 옳은 것 끼리 부딪쳤을 때 생기는 것이지 잘못된 것과 옳은 것이 충돌했을 땐 다툼이 되지 않는다.

만약 연인이 바람을 피웠다고 가정한다면 한쪽이 명백하게 그른 행동을 했기 때문에 다툼으로 이어지지 않는다. 용서할 것인가 말 것인가의 문제로 귀결될 뿐이다. 사랑하는 사이에 있어서 다툼은 불가항력적인 것이다. 서로 살아왔던 삶의 방식이 존재하는 한, 서로가 경험하고 나름대로 세운 기준이 있는 한 어떤 사이라도 피할 수 없다.

문제는 마음이다. 사랑을 시작할 땐 온 신경이 마비되기 때문에 깊숙한 곳까지 볼 수가 없다. 그렇게 시작된 만남이 설렘과 새로움보단 안정감과 익숙함이 커지는 모습으로 변형되기 시작하면서 자신이 가진 원래 모습이 튀어나온다. 다르게 살아왔던 시간만큼 다르게 만들어진 가치관이 다툼으로 이어지는 것이다. 그런 시간이 반복되다보면 점점 이런 생각을 한다. '우린 너무 맞지 않는다.'

아니, 둘은 너무 잘 맞는 모습을 가지고 있다. 분명 사랑을 시작할 땐 어떻게 이렇게 잘 맞는 사람이 있냐면서 시작하지 않았던가. 계속 다투는 모습에 지쳐 우리는 안 되는 사이라고 생각한다면 도대체 무슨 이유로 싸우는가. 싸움도 동력이 있어야 가능한 것인데 그건 서로를 사랑하고 있을 때 가능한 일이다. 자꾸 안 좋은 쪽에 초점을 맞추다보면 연애는 힘들어진다.

자주 다투면 지치는 것 또한 맞는 말이다. 하지만 연인끼리 다툼을 피할 수 없다는 것 또한 맞는 말이다. 연인은 잘 다퉈야 한다. 서로 사랑하지 않아서 시작되는 것이 아니라 서로 옳기 때문에 생긴다는 걸 받아들이고 한 발짝 물러서서 이해하려는 노력이 필요하다. 너무 비슷하다며 시작했다가 너무 다르다고 싸우는 것. 그건 보통 연애에서 늘 볼 수 있는 모습이다. 다만 다툼을 어떻게 바라보느냐에 따라서 한 사랑의 결과는 확연히 달라진다. 서로 목소리 높이더라도 손은 잡고 다투기를. 서로 미워서 그러는 것이 아니라 서로 사랑해서 그러는 것이니.

영화가 말하는 사랑

가까이 있는 것은 너무 가까이 있기 때문에 전체를 볼 수 없다. 일부분만 보고 그것이 전부라고 생각하는 것도 너무 가깝기 때문이다. 붙어 있던 것과 떨어지고 매달려 있던 게 바람에 날아가야 보이는 것이 있다.

한발 물러서서 사랑을 이해하게 된 영화가 두 편 있다. 하나는 〈바람 바람 바람〉이라는 영화다. 영화에 나오는 모든 주인공이 바람을 피우는 내용이다. 개인적인 견해지만 연인이든 부부든 사랑하는 사이에서 바람은 있을 수 없는 일이라고 생각하는 입장이라 유쾌하게 본 영화는 아니었다. 외롭다고 모두가 바람을 피우는 건 아니니까. 다만 중간에 나오는 장면 하나가 마음에 박혔던 건 사실이다.

제주도에서 이태리 식당을 하는 남자의 가게에는 손님이 거의 없다. 좋은 일이 없어서 그런지 부부는 다투는 것이 일상이다. 남자는 이태리 음식 말고 중국 음식을 만들고 싶다고 말한다. 제주도가 담긴 자장면 같은 것을 팔고 싶다고. 그 이야기를 꺼낼 때마다 서로 다툰다. 그러던 어느 날 우연히 친해지게 된 한 사람이 아무도 없는 식당에 그것도 문 닫을 때쯤 찾아온다. 남자는 문 닫을 시간이라 음식 재료가 없다며 괜찮으면 자장면이라도 만들어주겠다고 말한다.

아무도 없는 가게에서 자장면을 먹는 둘. 남자는 말한다. 제주도만의 특색 있는 중국집을 하고 싶었어요. 탕수육 소스에 설탕 같은 거 말고 제주도만의 무언가를 넣는 거죠. 유채꿀 같은 거요. 유채꽃 탕수육. 가만히 듣던 여자는 이렇게 말한다. 너무 좋은 생각인데요? 며칠이 지나고 한술 더 떠 이런 말까지 한다. 내가 생각해봤는데요, 유채꽃 탕수육도 좋은데 흑돼지 고추잡채, 오분자기 짬뽕, 깐쇼 옥돔. 다금바리 양장피도 좋을 것 같아요.

대수롭지 않게 이야기를 듣던 남자는 점점 사랑스러운 눈빛으로 그녀를 바라보며 말한다.

"옥돔, 다금바리. 이런 단어들이 되게 설레는 단어였구나."

또다른 영화는 〈미드나잇 인 파리〉다. 약혼을 한 두 사람이 파리에서 잠시 머무는 내용을 다뤘다. 파리의 장면이 연신 나오다가 이야기가 본격적으로 시작되는 첫 장면은 서로의 대화다.

"파리는 비가 올 때 더 아름다워."

— 비 오면 젖기밖에 더해?

"파리에서 소설이나 쓰며 살 수 있다면 비벌리힐스 같은 집이나 수영장은 필요 없어. 모네가 작업하던 곳이 시내에서 삼십 분만 가면 나와. 내 책만 나오면 모든 걸 이룰 수 있어."

— 자긴 환상에 빠졌어.

영화의 문을 여는 저 대화만으로도 느껴진다. 둘 사이의 간극이. 한쪽은 이야기하고 한쪽은 단절하고. 파리의 아름다움에 대해 연신 이야기하던 사람은 결국 같은 가수를 좋아하는 한 음반 가게 직원과 사랑에 빠진다.

두 영화는 사랑의 그림자를 잘 보여주고 있다. 한쪽은 이 야기하고 한쪽은 들어주지 않는 비극. 사랑이라는 영화를 찍고 있는 우리에게 물어본다면 어떤 대답을 할 수 있을까. 과연, 대화가 단절된 저 사람들이 연인이 아니었다면. 부부가 아니었다면. 마음을 맞춰가는 단계였어도 똑같이 이야기를 안 들어줬을까? 그땐 흔들리는 취향이나 어떤 소리에도 웃어주었을 텐데.

문제는 거기에 있다. 왜 사랑을 쟁취하기 위한 순간의 노력과 연인이 되었을 때의 행동이 달라지는 것인가? 어떻게 사랑하는 연인의 입 모양을 두고 귀를 막을 수 있는가. 사랑은 게을러서는 안 된다. 영원한 것도 불변도 소유도 구속도 획득도 아니다. 사랑은 이루기 위해 최선을 다하는 것이 아니라 이루기 위해 했던 행동과 이루고 나서의 행동이 일치하는 것이다.

누군가의 이야기를 맹목적으로 들어주는 것. 타인일 때가 더 수월한 것일지 모르겠으나 사랑하는 사이에서도 묵인되어야 하는 모습은 아니다. 사랑을 시작하겠다고 마음먹은 순간부턴 그 대상에게 집중해야 하는 거니까. 그러지 못할 거라면 시작을 하지 않는 게 서로를 위해서 좋다. 많은 주인공이 연인이 된 후 모든 것을 다 이룬 것처럼 서로를 안 일하게 대하는 경우를 자주 볼 수 있다. 함께하기 전보다 함께하고 난 뒤 서로를 어떻게 대하는지에 따라 사랑의 결말은 달라진다. 사랑은 내 옆에 있는 사람의 허무맹랑한 소리도 정성껏 들어주는 일이다.

나를 떠난 사람

그런 친구 있잖아. 어려서 학교 다닐 땐 안 친했는데 오히려 성인 되고 나서 친해진 사람. 어른이 되고 일을 시작하면서 친해진 친구가 있었어. 학교 다닐 땐 몰랐는데 비슷한 구석이 많더라고. 사람이 가까워지는 데는 비슷한 게 많은 것만큼 빠른 것도 없잖아. 금세 가까워진 상태로 여전히 잘 지내고 있어.

여러 모습이 닮았지만 사람과 사랑을 대하는 모습이 유독 비슷했어. 우리가 막 친해질 무렵 난 한 사람을 사랑하고 있었지. 자주 침묵하고 자신만의 언어로 사랑을 말하는 그 사람 때문에 괴로운 연애를 하고 있었어. 사랑이 느껴지지 않는 사랑. 그것만큼 외로운 건 없잖아. 어쩌면 이미 끝나버렸을지도 모를 관계를 연명하다가 내가 놓아버렸지. 아니나 다를까 떠나겠다는 나를 그냥 보내는 거야. 난 그 사람을 여러 번 붙잡았었는데 우리 사이에서 어떤 아쉬움도 보이지 않던 사람이었어.

한 사람이 남긴 흔적으로 고달파하고 있을 때쯤 친구는 사랑을 시작했지. 우연히 만났대. 뜬금없는 인연이었지만 축하해줬어. 사랑은 소리 없이 다가오는 거니까. 멀리서 오고 있었는데 내가 몰랐던 걸 수도 있잖아? 모든 연인이 처음에는 잘 만나잖아. 사랑에 마비되기도 하고 에고보다는 사랑이 주는 행복이 더 크게 느껴지는 시기니까. 그렇게 시간은 시간처럼 흘렀어. 한 일 년쯤 됐을까. 그때부터 친구가 조금씩 힘들어하는 거야. 사랑이 느껴지지 않는대. 함께하는데 외롭대. 친구는 내가 했던 것처럼 그 사람을 더 사랑해주더라고. 난 그 기분을 알거든. 나한테 있는 결핍을 나도 모르게 요구하게 되는 거. 내가 제일 받고 싶은 걸 상대방에게 주는 거 말이야.

어때? 어떻게 됐을 거 같아? 결국 이별했지 뭐. 그래도 삼 년이라는 긴 시간 동안 함께했었어. 헤어지던 날 울면서 나한테 전화를 하더라. 못하겠대. 너무 외롭고 힘들어서 이젠 못하겠대. 나도 겪었던 일이니까 알거든. 그 기분. 시간이 지나고 나면 오히려 계속 말을 걸었던 사람은 후회가 없다는 것도. 그렇게 또 시간은 시간처럼 흘렀다. 일 년 동안 친구는 그 사람을 열심히 지웠어. 어느 겨울날 새로운 사랑을 시작했는데 또 대뜸 전화 와서 우는 거야.

"나보고 사랑한대. 지금 여자친구가 나보고 사랑한대. 근데 그 말을 듣고 나서야 알게 됐어. 삼 년이라는 시간 동안 사랑한다는 말을 단 한 번도 못 들어봤다는걸."

어떻게 이런 일이 있을 수 있을까 싶지? 서로 사랑해서 연애라는 걸 삼 년이나 했는데 그동안 사랑한다는 말을 한 번도 하지 않았다는 거. 나이들면서 느끼는 건 이런 것뿐이더라. 불가능하고 말도 안 된다고 생각했던 일이 너무 가능하고 너무 만연한 거 말이야. 난 이제라도 사랑한다고 말해주는 사람 만나서 다행이라며 위로해줬어. 할 수 있는 말은 그거밖에 없었으니까. 며칠 전에 연락이 왔어. 삼 년 동안 사랑한다는 말을 한 번도 해주지 않았던 그 사람을 우연히 만났대. 거리를 걷고 있었는데 카페에서 어떤 사람과 둘이 대화를 나누고 있었대. 유리 너머로 보이는 그 사람 표정이 하나도 행복해 보이지가 않더래. 그래도 삼 년이나 만났으니까 알잖아. 기분좋을 때 어떤 모습인지 말이야. 행복해야 할 것 같은 자리에 별로인 표정으로 앉아 있는 그녀를 보면서 통쾌했대. 그렇게 사랑해달라고 구걸해도 모른 척하더니 잘됐다면서 말이야. 어떻게 삼 년이라는 시간 동안 그 말을 한 번도 안 해줄 수 있었냐면서 통쾌했대.

그리고 집으로 돌아와 자려고 누웠는데 마음이 아려오는 거지. 통쾌했다는 생각은 잠시일 뿐 하나도 행복해 보이지 않은 그 사람 모습이 내심 신경쓰였던 거야. 잘 지내기라도 했으면 좋겠는데 왜 그렇지 않은 모습을 보게 된 거냐며 속상해하더라. 한쪽에서 놓으면 언제든 끊어질 관계를 어떻게든 붙잡아볼 만큼 사랑했던 사이였잖아.

한때 나를 떠난 사람들이 아팠으면 좋겠다고 생각한 적이 있었어. 내가 아팠던 것만큼 그 사람도 아파서 어쩌면 다신 사랑하지 못하길 바랐던 적도 있었지. 이제는 나와 멀어졌다고 미워하는 거 따윈 안 해. 지금은 우리가 각자의 길을 가고 있더라도, 비록 구질구질하게 멀어졌을지도 모르지만 한 시절을 같이 보낼 만큼 빛나는 부분을 가지고 있었던 사람이라는 것도 변하지 않으니까. 부디 그랬으면 좋겠어. 하나에서 둘로 멀어지더라도 힘들거나 외롭게 살지는 않았으면 좋겠어. 아프기 싫어서 택하는 게 이별이니 모든 이별을 택한 사람들이 그전보다 더 잘 지냈으면 좋겠어. 진심으로 안녕을 빌어.

위로

오랜 버릇이 있다. 마음이나 몸이 견딜 수 없을 만큼 지치면 서점이나 카페에 가는 것이다. 보통 이럴 때 집에서 쉬는 경우가 많지만 나에게 집은 완벽한 휴식처가 아니다. 또다른 고통을 주는 곳이기에 차라리 서점이나 카페가 마음 편하다. 이러는 데는 내 성격도 한몫할 것이다. 사람이 휴식을 취하는 방법은 두 가지로 나뉜다. 가만히 누워 마치 충전기에라도 연결된 듯 충전하는 사람. 자기가 좋아하는 것을 하거나 애정하는 장소에 머물면서 충전하는 사람. 난 두번째 사람에 더 가깝다.

예전에는 힘든 일이 있으면 사람을 만났다. 만나서 실없는 소리도 하고 하소연도 하다보면 나름 괜찮아진다고 생각했다. 하지만 집으로 돌아가는 길에 그 무엇도 나아지지 않은 기분을 느낄 때가 있었다. 요즘은 삶이 고달프면 음악을 듣거나 책을 읽는다. 산책하거나 생각을 깊게 할 때도 있다. 반복되는 일상에 치일 때면 많은 사람이 산에 오르거나 바다를 보러 떠난다. 어떤 사람은 나처럼 책을 읽을 것이다.

언제부터 다른 것들로 마음을 치유하기 시작했을까. 이야기하면 할수록 결국 스스로 해결해야 한다는 걸 깨달은 탓인지도 모르겠다. 그 누구도 내 이야기를 자신의 일처럼 대해주지 않는다는 것과 너무 가까운 사람에겐 오히려 말할 수 없는 말이 가득하기 때문인지도. 파도. 강아지. 고양이. 맛좋은 커피. 아무도 말을 걸지 않는 공원. 집으로 가져가고 싶은 창문. 살고 싶은 집. 좋았던 날의 사진. 살아갈수록 사람이 아닌 것의 위로가 자주 필요해진다.

나한텐 몹쓸 버릇이 하나 있어.
좋은 사람을 만나면 나도 모르게
이야기를 다 해버리는 거 말이야.
사소한 고민부터 오래 쌓아둔 아픔까지

마음에 있는 모든 서랍을 열어서 보여줘.

그리고 집으로 돌아가는 길이나

자려고 누웠을 때 문득 후회하지.

그러지 말걸. 그러지 말걸. 조금만 말할걸.

그러다 다시 또 좋은 사람을 만나면

같은 행동을 반복해. 미안해.

네가 원하지 않는 이야기까지 내가 꺼냈다면 말이야.

너를 좋아해서 나도 어쩔 수 없는 일이었어.

많이 저지르라는 말

떨리는 술자리였다. 어른이라고 부를 만한 분과 술자리를 가져본 적이 많지 않은 나로서는 긴장할 수밖에 없는 자리였다.

친구처럼 오래 알고 지내던 사람이 크게 살롱을 차렸다. 글을 쓰고 그림을 그리고 대화를 나누는 그런 공간이었다. 공간이 워낙 넓은 탓에 절반은 카페로 사용하기로 했단다. 늦가을에 대뜸 전화가 와서는 좀 도와달라는 말에 몇 개월 간 그 카페를 맡아서 운영했던 적이 있다.

초기에는 손님이 많지 않았다. 특히 직장인들이 많은 지역이라 출근시간이 지나고 나면 점심시간까진 더 한산했다. 그때 오는 손님들에게는 괜히 말도 걸어보고 혼자 앉아 계시면 옆에 슬쩍 앉아서 이야기도 나누고는 했다. 큰 창으로 들이치는 햇살을 등지고 아침에 나누는 대화가 사뭇 매력적이었다.

우리네 아버지 또래로 보이는 한 손님이 오셨다. 커피를 주문하고는 여기저기 구경하시는데 눈빛이 유독 짙어서 자꾸 시선이 향했다. 절반은 모임을 하는 공간이고 절반은 커피를 마시는 공간이기에 익숙하지 않은 사람들에게는 설명이 필요했다. 가볍게 물어보시는 질문에 하나하나 대답하다가 옆자리에 앉아서 한참을 이야기 나누게 됐다.

이야기가 무르익었을 무렵 사실, 이라는 말로 운을 띄우셨다. 알고 보니 살롱을 차린 친구의 아버지셨다. 대한민국에서 비싸기로 소문난 땅에 이렇게 큰 공간을 차렸는데 힘들다는 말도 없고 한번 와보라는 말도 없어서 걱정됐다고. 온다고 말하면 뭐라고 할 것 같아서 한산한 시간을 골라서 몰래 찾아오셨단다. 카페 도와준다고 했던 얘기는 들었다면서 우리 아들 잘 부탁한다고 이야기하셨다.

다른 사람보다 유독 눈빛이 신경쓰였던 이유를 알 수 있었다. 자식이 걱정돼서 조용히 찾아온 부모의 눈빛이 어찌 다른 눈빛과 똑같아 보이겠는가. 찾아와주셔서 감사하다는 인사를 연신 했다. 얼마나 이야기를 더 나눴을까. 내 인상이 좋아 보인다면서 나중에 술 한잔 같이하자는 말씀을 하셨다. 연락처를 알려드리고 조심히 들어가시라며 인사를 하려는데 나를 붙잡으셨다. 아, 참. 우리 아들한테는 비밀로 해줘요. 알면 또 난리칠 거예요.

어찌 말할 수 있겠는가 이 마음을. 의리를 지켜야겠다는 마음이 드는 그런 만남이었다. 그렇게 술자리를 갖게 됐다. 어른들께는 술을 어떻게 따라드려야 하는지 어떻게 받아야 하는 건지. 술자리에서의 예의를 잘 모르고 있기에 혹시 실수할지도 모른다는 생각으로 긴장한 자리였다. 그게 눈에 보이셨는지 편하게 마시고 편하게 얘기하라는 말씀을 먼저 해주셨다.

오가던 여러 이야기 중에 아직도 기억나는 말이 있다. 늘 궁금했던 게 있어서 한 가지를 여쭤보았다. 한 살 한 살 나이가 들어갈수록 사는 게 훨씬 재미없어지는데 나보다 인생을 두 배 가까이 사신 분들은 어떤 재미로 사시는 걸까. 어떤 목적과 어떤 이유가 있으신 건지. 내가 생각했던 것과는 다른 대답이 돌아왔다.

후회하면서 지내요.

젊었을 때 잘못한 것들.

돌이켜 생각해보면 아쉬운 것들.

그런 거 떠올리며 후회하고 있어요.

그것마저 안 하면 사는 게 너무 재미없더라고요.

후회는 노년의 몫이에요.

오랜 시간 스스로 무언가를 선택하며 살아야 했던 나는 후회가 가득했다. 당장 떠올리더라도 수두룩하다. 도움받을 곳도 기댈 곳도 마땅히 없어서 모든 걸 스스로 선택한 결과는 늘 후회였다. 그렇게 하지 말걸. 이렇게 해볼걸 하면서. 삶은 선택의 연속이니 앞으로도 잦은 후회를 하겠지. 그래도 예전과 달라진 게 있다면 후회나 불안이 커질 때 떠올릴 말이 생겼다는 것이다.

후회는 노년의 몫이에요. 나이들고 나면 얼마나 할 게 없는데요. 사는 것도 훨씬 재미없어진답니다. 그때 가서 후회하면 돼요. 그거라도 안 하면 그때 뭐 하시려고. 지금은 그냥 하세요. 너무 많이 생각하지 말고요.

외로움

갓 스무 살이 되던 해였다. 성인이 된다는 설렘 속에서 친구들과 제일 먼저 한 건 술집에 가는 일이었다. 그때 나에게 있어 어른처럼 보이는 사람은 술집을 자유롭게 드나드는 사람들이었다. 절대 내가 갈 수 없는 금기의 장소를 무표정으로 드나드는 것. 꼭 해보고 싶은 일이었다.

열아홉, 밤 열한시 오십분. 그쯤 술집에 들어가면서 아르바이트를 하는 형, 누나에게 설명했다. 저희가 십 분만 있으면 스무 살이 되는데요. 술은 열두시 넘어서 시키고 지금은 안주만 시켜도 될까요? 시골이어서 그랬던 건지 그때 당시에는 그게 법적으로도 괜찮았던 건지는 몰라도 나는 십 분 빠른 열아홉, 밤 열한시 오십분에 떨리는 마음으로 술집에 앉아 있었다.

건너편에는 동네 친구들이 앉아 있기도 했고 어른으로 보이던 사람들은 우리를 보고 부러움을 섞어 웃기도 했다. 교복을 입은 아이들을 보면 좋은 시절이라며 웃는 지금의 내 표정처럼. 안주를 미리 시키고 시계만 바라봤다. 그 십 분은 참 느리게 흘렀다. 청춘은 빠르게 흐르고 사춘기는 길었던 것처럼. 열두시가 되자마자 어른들은 새해라며 잔을 들었고 우린 손을 들어 술을 시켰다. 마시지도 못하는 술을 아무렇지 않은 척 마시면 멋있어 보인다는 생각이 들던 바보같은 시절이었다. 스무 살의 첫날은 어떻게 집에 들어갔는지도 기억도 나지 않는다.

성인이 되고 나서는 술과 가까이 지냈다. 언제나 치열하게 살았기에 자주 마실 수 있었던 건 아니었다. 한때 소원은 저녁 일곱시쯤 친구들과 술을 마셔보는 것이었다. 그 시간에는 대부분 일을 하고 있었기 때문에 그 시간에 술을 마신다는 건 나에게 여유 그 자체로 느껴졌다. 단순히 술을 마시고 싶은 것보단 쉬어가며 살고 싶었다. 술에 대한 취향은 변덕스럽던 마음만큼 자주 바뀌었다. 소주는 과학 시간에 보던 알코올을 마시는 것 같다며 맥주를 좋아했다가 다시 소주를 마셨다. 와인을 마시다가 독주도 마셨다. 안주는 기름진 걸 좋아했다가 어느 날부터는 아버지를 닮아 안주를 거의 먹지 않았다.

지금도 종류를 가리지 않고 다 마시는 편이나 부쩍 소주를 찾는 일이 잦아졌다. 생각해보면 술로 인해 기억이 끊기고 옛 애인에게 전화를 거는 것처럼 부끄러운 일이 생길 정도로 취했을 땐 보통 소주를 마신 날이었다. 술맛을 제대로 느껴서 한 모금 마시고 온몸에 술이 퍼질 때까지 가만히 있는 그런 사람은 아니다. 재빨리 콜라를 마시거나 물을 마시지만 그럼에도 하루하루 지날수록 술 생각이 간절할 때가 많다. 마시면 마실수록 소주라는 술이 고급스럽고 품격 있다고 생각하진 않는다. 오히려 그 반대로 가볍고, 탁하며 고통스럽다. 많은 사람이 소주를 마시는 건 소주가 좋은 술이라서가 아니라 잔을 비우는 맛은 있지만 저렴하고 금방 취하기 때문일 거란 생각을 한다.

몸이 성하지 않아서 짐을 뺄 수 없다는 말에 언젠가 그 사람을 대신해서 짐을 가지러 처음 가보는 동네로 향했던 적이 있었다. 난 그 사람이 잘 지내고 있는 줄 알았는데 여관에서 달방 생활을 하고 있었다. 외롭지 않게 잘 지내고 있었으면 했는데 여관 문을 잠그지도 않고 살고 있었다니. 짐을 챙기러 들어간 방에는 군데군데 소주병이 나돌았다. 작은 방은 빽빽하게 외로웠다. 얼마 되지도 않는 짐을 챙겨 나오는데 검은 비닐봉지를 들고 소주병 부딪치는 소리와 함께 계단을 올라오는 한 사내와 마주쳤다. 그러고 보니 숙박료를 계산할 때 얼핏 보였던 주인 방에도 소주병이 굴러다녔던 것 같다. 주차장으로 가는 길. 소음 가득한 거리의 상점 뒤편엔 박스 가득 빈 소주병들이 차 있었다.

사는 게 헛헛하거나 사랑이 힘들어 잠이 오지 않는 새벽. 가족과 친구가 있어도 외로운 밤. 이렇게 사는 것보단 술이라도 한잔하고 잠드는 게 더 나을 거란 생각에 추리닝을 입고 편의점으로 향할지도 모르겠다. 냉장고를 열고는 여러 술을 바라볼 것이다. 잠시 고민하겠지만 결국 내가 얼마를 가졌든 소주 두어 병을 들 것이다. 뭐라도 먹어야 하지 않겠냐는 생각에 안줏거리를 보다가 저렴한 음식 한 개를 집어들 것이다. 나의 새벽은 한 가지 안주와 소주 두 병일 것이다. 값이 싸다고 해서 모두 외로운 건 아니지만 외로운 건 언제나 값이 싸다.

보이지 않는 아픔

마포대교 위를 걷고 있던 새벽이었다. 마포대교는 자살하려는 사람들이 많이 찾는 곳이라 다리 난간에 자살 방지용으로 힘이 될 만한 문구를 기록해두어 생명의 다리라고 불리기도 했다. 곧 난간에 쓰인 문구들이 지워질 예정이라고 했다. 지워지기 전에 어떤 사람을 살렸을지도 모를 그 글자들이 궁금해서 새벽에 마포대교를 찾았다. 의도한 건 아니었으나 작업실에서 글을 쓰다보니 시간이 늦어져 있었다.

음악을 들으면서 천천히 다리 위를 걷고 있을 때였다. 내 옆에 자동차가 멈추는 듯해 돌아봤더니 경찰차가 있었다. 신고를 받고 출동한 것이다. 누가 새벽 다리 위를 하염없이 걷고 있다면서. 나쁜 마음을 먹고 온 게 아니라 글이 지워진 다는 이야기에 한번 와보고 싶어서 들른 거라고 설명했다.

경찰은 쉽게 나를 보내주지 않았다. 신분증 검사와 몇 가지 이야기를 더 하더니 너무 늦은 시간이라며 일찍 들어가라는 말을 했다. 그러고는 경찰차를 몰고 돌아가는 척했지만 내 옆에서 속도를 늦추며 나를 바라보는 게 느껴졌다. 괜히 나 때문에 신경쓰시는 것 같아서 서둘러 집으로 향했다. 누군가가 다리 위를 걷는 나를 신고한 것도 쉽게 나를 보내주지 않던 경찰도 모두 이해할 수 있다. 그만큼 스스로 삶을 끝내는 사람들이 많다는 뜻이니까.

소소한 술자리가 끝나고 집으로 들어가는 길에 한 사람을 봤다. 새벽이었는데 어떤 술 취한 사람 한 명이 팔차선은 되는 도로를 무단횡단하며 걷고 있었다. 아주 천천히. 저러다 무슨 일 나는 거 아닌가 싶어서 지켜보고 있었는데 뒷모습이 모든 걸 포기한 사람처럼 보였다. 무엇이 저 사람을 저렇게 걷게 만들었을까. 팔차선 도로를 땅만 보고 걷게 한 것은 술이었을까. 현실이었을까.

한 달도 안 되는 사이에 여럿이 세상을 떠났다. 생활고에 시달렸던 일가족과 누구나 다 알 법한 유명인들이 먼 이사를 떠났다. 그들에게서 발견된 공통점은 죽기 전까지 힘든 티도 내지 않고 일상생활을 보냈다는 것이다. 유서라며 남겨진 마지막 글도 사람들의 생각보다 짧았다. 마치 갑자기 멈춰버린 컴퓨터의 전원을 뽑아버리듯 삶을 끝내고 싶은 것처럼 보였다.

삶을 스스로 포기한 사람에 대한 의견은 분분하지만 우리에게는 발언권이 없다는 게 내 생각이다. 겪어보지 않은 삶에 대해서 함부로 말할 권리는 그 누구에게도 없으니까. 보이지 않는 아픔이, 보이지 않는 고통이, 보이지 않는 슬픔이 보이는 것보다 더 가득하다. 진짜 아픔은 눈에 보이지 않는 법이다. 진짜 슬플 땐 눈물조차 나오지 않는 것처럼.

약속

    누군가와 약속하는 일을 힘들어한다. 원래부터 그랬던 건 아니지만 내가 나를 이해하고 나서부터는 약속하는 일이 줄어들었다. 프리랜서로 지내는 내 삶에는 갑자기 일이 생기는 경우가 많다. 그럴 때면 이해해달라는 말을 했지만 그것도 욕심이라는 생각이 들었다. 애초에 약속하지 않는 게 약속을 지키는 방법일지도 모른다. 며칠 뒤를 생각하는 것보다는 당장 오늘을 후회 없이 보내자는 신념도 영향을 줬을 것이다. 내일 당장 어떤 일이 생길지도 모르는데 보름 뒤를 이야기하는 건 너무 멀게만 느껴진다.

이런 모습 때문에 사람들에게 오해를 산 적도 있다. 그 사람들과의 관계를 별로 중요하게 생각하지 않는 것처럼 보였던 것이다. 나는 나름대로 관계를 지키기 위해서 한 선택이었지만 내 생각을 이해시키기 위해서는 긴 설명이 필요했다. 내가 내 삶을 이해하기 전에는 약속을 자주 했다. 동료와 함께 태백에 여행 갔을 때였다. 택시를 타고 숙소로 이동하는데 긴 시간 동안 가수 한 명의 노래만 나오고 있었다. 마침 택시 안에 있던 모두가 그 가수를 좋아하고 있었다. 그것을 시작으로 기사님과 이야기를 주고받다가 서울에서 왔냐는 질문을 받았다. 기사님은 남자 둘이 무슨 이유로 여기까지 왔는지 내심 궁금하셨던 것이다.

글 쓰러 왔다는 말에 기사님은 꼭 전하고 싶었던 안부를 전하듯 이야기를 이어가셨다. 내용은 그랬다. 태백이 한때 얼마나 우리나라 산업의 중심이었는지를 설명하시며 석탄 산업이 한창일 때는 태백에 사는 아이들이 그린 강은 모두 검은색이었단다. 석탄으로 인해 태백에 있는 강이 실제로 검게 흘렀기 때문이다. 그렇게 활발하던 곳이 지금은 폐가로 가득하다는 이야기도 하셨다. 글로 이런 것 좀 적어달라는 이야기도 하셨다. 나와 동료는 어떤 사명감이 있는 사람들처럼 언젠가 꼭 글로 적겠다고 이야기했다.

서울역에서 기차를 타기 전에 점심을 먹고 있을 때였다. 정해진 주거 없이 공원이나 거리에서 생활하는 분이 한 식당에 들어오셨다. 찌개를 하나 시켜서 드시는데 어찌나 품위 있게 드시던지. 식사가 끝나고 주변을 정리하는 솜씨 역시 섬세하고 다정했다. 그분과 눈을 두어 번 마주친 적이 있었는데 언젠가 여린 마음을 가진 사람들이 세상을 대하는 방식에 대해서 글을 쓰겠다고 약속했었다. 물론 그분의 눈빛을 오역한 걸 수도 있지만.

그뿐이었던가. 멀리 떨어진 곳에서 저녁을 먹고는 또 오겠다고 말하기도 했으며 친한 친구의 결혼식에는 무슨 일이 있어도 간다고 말했었다. 한 사람에게는 지켜주겠다는 말까지 했었다. 어떤 약속은 지키기도 했고 어떤 건 시도조차 하지 못했다. 지키지 못했다고 해서 마음 역시 거짓이었던 건 아니다. 모두 진심이었다. 설령 누군가는 기억도 하지 못할지라도 내가 했던 말을 빚처럼 생각하며 하나씩 갚아나가고 싶다. 그러고 보니 그때 약속했었잖아, 라는 말은 어딘가 슬프게 들리는 것 같다.

이별이 아픈 이유

한 해가 거듭될수록 미묘하게 환경이 조금씩 바뀐다. 몇 년 전만 해도 옛 애인이 새로운 사람을 만난다는 소식을 듣고는 위로해주겠다며 시간 맞는 사람들끼리 모여 한잔씩 하곤 했다. 이제는 새로운 사람을 만난다는 이야기보다 결혼한다는 소식이 자주 들린다. 어느 늦은 시간에 모인 것도 그 때문이었다. 한 녀석이 오래 좋아하던 사람이 결혼한다.

낯선 장소에서 만나면 기분이 새로워질까 싶어 퇴근하는 친구 녀석 하나까지 더해 셋이서 한 번도 가본 적 없는 곳

에서 만났다. 내가 운전기사를 자처할 테니 너희 둘은 마음
껏 마시라며 가고 싶은 곳이 있으면 말하고 먹고 싶은 게 있
으면 말하라고 했다. 해줄 수 있는 건 그런 것뿐이었다. 늦
은 시간까지 함께했다. 장소를 옮길 때마다 근처 학교에 다
닌 친구의 안내에 따라 우리가 가는 술집의 역사까지 듣고
는 했다. 이럴 때는 실없는 소리가 나을 수도 있다. 직장생활
이야기, 글 쓰는 삶 이야기, 사랑 이야기를 나누다 자연스레
힘들어하는 친구에게 초점이 맞춰졌다.

안개를 모아 수영장을 만들고 싶어하는 것처럼 보이던 녀
석. 한 친구는 이별하고 난 뒤에 제일 슬픈 게 전화기란다.
아무것도 울리지 않는 전화기. 사랑에 무책임한 사람이 아
닌 경우 보통 연인 사이에서 자유보다 관계에 신경을 쓴다.
관계보다 자유를 선택하는 이별을 행했을 때 자유의 달콤
함은 오래가지 않는다. 며칠 즐거울 뿐 집으로 돌아가는 길
이나 아침에 눈을 떴을 때 그 사람에게 아무런 연락도 오지
않는 게 슬프다고 말했다.

나는 하늘이 중요하다. 날씨가 흐리면 차라리 동질감이
라도 느끼는데 맑으면 그 투명한 만큼 마음이 따갑다. 내 속
도 모르는 기분이랄까. 차라리 온 세상이 다 어두워져서 지

금이 몇시인지 저녁인지 아침인지 알 수 없으면 했다. 시간도 공간도 아닌 곳에 빠져 허우적거릴 때 그 물살에 그 사람도 같이 떠나갔으면.

새벽 거리에는 사람이 별로 없었다. 늦은 시간에다가 평일이었으니 당연했다. 오랜만에 만난 사람들과 좋은 시간인데 마음이 저렸다. 옆 동네에 사는 친구는 내가 데려다주겠다고 했다. 지나간 시간을 보내주지 못해 비틀거리던 친구는 한 잔만 더 마시자는 말을 연거푸 했다. 그러기엔 문 연곳도 없었고 다들 내일 일이 있으니 돌아가야 할 시간이었다. 남은 녀석은 조금 걷다가 들어가겠다며 새벽안개 사이로 사라졌다. 얼마큼 걸어갔을까. 걷다보면 내가 사랑했던 사람이 나 아닌 사람과 함께 살 수도 있다는 사실을 받아들였을까. 지나간 사랑을 붙잡고 했던 건 최선을 다하지 않아서였을까. 아니면 모든 걸 다 쏟아부어서였을까.

몇 번을 경험해도 이별은 늘 익숙해지지 않는다. 우리는 더이상 무엇도 아니라는 사실을 받아들이는 것. 어쩌면 남보다 더 못한 사이가 된다는 걸 받아들이는 일은 쉬운 게 아니다. 손톱만큼 자라던 사랑과 다르게 이별은 늘 절단이다. 멀어진다는 게 그토록 아픈 이유는 과거가 사라지는 것이 아니라 미래가 사라지기 때문이다. 함께 섬으로 놀러갔던, 늦은 시간까지 전화기를 붙잡고 속삭이던 그 모든 시간의 분실이 아니다. 다시는 같이 떠날 수 없다는 것과 다시는 목소리를 들을 수 없다는 것. 날이 좋다며 어딘가로 떠나자는 말을 할 수 없고 비 온다며 우산 챙기라는 말을 할 수 없는 것. 사랑이 떠나고 난 그 이후의 삶이 우리를 아프게 한다.

시월의 밤

시월이 되면 생각나는 사람이 있다. 옛사람도 멀어진 친구도 세상을 떠난 한 사람도 아니다. 이름도 모르고 어디서 살고 있는지도 모르는 한 사람이다.

엄마가 식당을 했던 적이 있었다. 그때 옆 가게에서 일하던 이모였는데 나는 그 이모를 시월 이모라고 불렀다. 10월 31일이 되면 시월의 마지막 밤은 꼭 낭만적으로 보내야 한다고 했다. 다른 달도 그래야 하냐고 물었더니 시월만 그렇단다. 왜 하필 시월이냐고 물었더니 돌아오는 말은 그랬다.

그냥. 낭만이라고 해봐야 동네 친한 어른들끼리 모여서 늦게까지 무언가를 먹고 마시는 게 전부였다.

　난 그 옆을 졸졸 따라다니던 아이였다. 보통날과 별다를 거 없을지도 모르는 저녁이지만 유난히 시월이 기다려졌다. 시월의 마지막 밤이라는 어감 때문일 수도 있다. 무엇도 모르는 나이었지만 마지막 밤이라는 말은 두근거리기에 충분했다. 어렴풋한 기억이지만 그날만큼은 어른들이 내 또래 친구들처럼 웃고 있었기 때문일 수도 있다. 한 해가 지나고 시월을 앞둔 여름이었다. 이모한테 곧 시월이라는 이야기를 했더니 이모가 농담식으로 이야기하는 게 아닌가. 올해는 모르겠네. 이모는 근호 생일쯤에 떠날 것 같은데. 농담이었다고 생각한 건 그 이야기를 했을 때 주변 모두가 웃었기 때문이다. 얼마 지나지 않아서 이모는 농담처럼 내 생일에 이 동네를 떠났다.

　떠날 거라면 농담처럼 이야기하지 말고 확실히 말해주지. 떠나기 전날까지도 웃지 말고 차라리 나를 못 본 척해주지. 유예기간 없이 갑자기 찾아온 이별이었다. 지금 생각해보면 그 이모가 지금 내 나이쯤 되지 않았나 싶다. 얼굴은 흐릿하게 기억나지만 사람이 풍기는 화사한 기운은 선명하다. 칭

찬을 서슴없이 하는 사람이었다. 옆에 있으면 어린 나도 뭔가를 이룬 듯한 느낌을 주는 사람. 시월 이모가 떠나고 한동안 시월이 다가오면 알 수 없는 통증으로 앓아야 했다. 어쩌면 그때부터 남겨지는 존재에 대해 생각을 했는지도 모르겠다. 정을 붙이는 것. 정을 줬던 사람이 떠나가는 것. 남겨지는 존재에 대한 이해.

이제는 떠나야 할 거라면 애초에 정을 안 주려고 노력하는 편이다. 여행지에서 갔던 식당 어머님과 조금만 친해진다든가, 자주 가는 곳에서 키우는 강아지에게 조금만 인사한다든가, 숙소 앞에 차를 세울 때면 어디선가 달려와서 울어대는 고양이에게 가볍게 눈인사만 한다든가. 큰 강아지를 한 마리 키우는 곳이 있었는데 강아지는 유독 슬퍼 보였다. 종일 사람과 함께 있고 모든 사람이 그 강아지를 예뻐해 주지만 꼬리를 내린 상태로 울적하게 있었다. 강아지가 슬퍼했던 건 자신을 쓰다듬어주었던 사람들이 계속해서 떠나기 때문일 거라는 생각을 했다. 떠나는 사람은 떠나면 그만이지만 남겨진 존재는 그렇지 않을 수도 있는 법이다. 물론 떠나는 사람도 마음 편하지 않겠지만 새로운 것에 적응하느라 분주한 시간을 보내는 것이 익숙한 공간에서 한 존재 없이 견디는 것보다는 나을 거라는 생각이 있다.

요즘은 남쪽에서 지내고 있다. 이곳에도 고양이 한 마리가 산다. 이름은 나비다. 태어나서 이렇게 귀여운 존재는 처음 봤다. 어찌나 똑똑한지. 사람은 또 얼마나 좋아하는지. 예전에 만난 적 있는 고양이처럼 집 앞에 주차하고 차문을 닫으면 어디선가 그 소리를 듣고 어디선가 뛰어온다. 울음소리를 내면서. 새벽에 인기척을 내거나 물 마시기 위해 거실로 나오면 그 소리를 듣고 문 앞에서 울어댄다. 숙소 주인이 키우는 고양이라는데 집안으로 들어오지 않게 조심해달라는 쪽지가 문 앞에 붙어 있다. 규칙을 어기고 싶은 건 정말 오랜만이다. 집안에 데려와 같이 살고 싶다. 주인이 허락만 해준다면 우리집으로 데려가 내 침대를 내어주고 싶을 만큼 사랑스럽다. 지금도 고양이는 놀아달라며 문 앞에서 애처롭게 울고 있다. 당장이라도 문을 열고 껴안고 싶지만 가만히 눈을 감기로 한다. 이곳에서도 곧 떠나야 한다. 떠날거면 애초에 정을 주지 않는 것도 하나의 방법이다.

미친 이별

세상을 살아가면서 점점 확신할 수 있는 게 줄어든다. 어떤 생각 앞에 분명, 반드시라는 말을 붙이기에는 삶은 예측 가능한 쪽으로 흘러가지 않는다. 그럼에도 한 가지 확신할 수 있는 게 있다. 반드시 누구나 한 번은 사랑이라는 것을 알게 해주는 사람을 만난다는 것이다. 시기의 차이가 있을 뿐 한 명은 꼭 만난다. 자신이 생각했던 사랑의 개념을 흔들고 이게 진짜 사랑이구나, 하는 감정을 느끼게 해주는 사람. 그 사람이 가장 최근에 만났던 사람이라는 법은 없다. 시기와는 상관없을 것이다. 한 달을 만났어도 몇 년 동안 마음 저리며, 몇 년이 지난 일인데 이름만 들어도 어딘가 쿵 하고 내려앉는. 그 사람과 관련된 신호를 조금만 받아도 바로 그때 그 시절로 되돌아가게 만드는 사람.

나에게도 그런 사람이 있었다. 어릴 적부터 성격이 급한 편이라 기다리는 것을 잘하지 못했다. 그런 나를 하염없이 기다려줬던 한 사람이 있었다. 어찌나 맑은 모습으로 기다려주던지. 멀리서 보자마자 전력으로 뛰어갔던 기억이 있다. 내가 도착하기로 한 시간보다 한참이나 늦었는데 한마디 말도 없이 나를 안아주었던 사람. 사랑하는 사람을 기다리는 일은 아름다운 거라는 걸 말없이 알려주었다.

그 사람은 내가 음식 먹는 걸 좋아했다. 밥을 먹을 때면 옆에 앉아 이런저런 말을 걸어주거나 밥을 더 가져다주기도 했다. 덕분에 자연스럽게 사랑과 음식의 연관성이 생기기도 했다. 좋아하는 사람이 생기면 밥을 해주고 싶어지는 것도 그 사람 때문이었다. 내가 처음으로 무언가를 만들었던 건 라면을 끓이는 일이었다. 그 사람을 위해서였다. 나에게는 밥을 차려주지만 혼자 있을 때 자신은 라면으로 저녁을 때우려는 게 속상해서. 나에게 사랑을 최초로 알려주었던 사람. 그렇게 아름답던 사람은 이제 이 세상에 없다. 몸과 마음이 아픈 상태로 먼 곳에서 지내다 더 먼 곳으로 떠났다.

또 한 사람은 내가 많이 사랑했던 사람이었다. 첫눈에 반했다. 첫눈에 반하면 약도 없다는 누군가의 말처럼 나는 어떤 희소병에 걸린 사람처럼 그 사람을 사랑했다. 치료 방법이 없는 사랑이었다. 같이 걸으면 뒷모습마저 웃고 있었으니까. 상처가 클까봐 조금만 좋아하려고 해도 돌아서면 전부를 내어주고 있었다. 그 사람을 데리러 가는 길은 매일 두근거렸다. 무엇이 좋았냐고 물어본다면 밤새워 이야기해 줄 수도 있겠다. 속눈썹이며 머리칼이며. 눈빛이며 입꼬리며. 뒷모습이며 발목이며. 그 사람을 둘러싼 공기와 상처까지 전부 안아주고 싶은 사람. 그랬던 사람이라 그녀가 더는 나를 사랑하지 않는다는 사실을 깨달았을 때 받아들일 수가 없었다. 어떻게 해야 할지 몰라 발만 구르다 그 사람을 붙잡기 시작했다. 모든 게 다 미안하다고 말하면서. 내가 더 잘하겠다는 진부한 말을 했다. 울어도 보고 매달려도 보고 빌어도 보고 설득도 해보고 편지도 매일 써 봤다. 내가 안쓰러웠던 건지 우리는 연인으로 다시 몇 달을 더 지냈다.

그렇게 사랑하던 사람과 이제는 완벽히 남이 됐다. 마지막에 관계를 끝낸 건 그녀가 아니라 나였다. 사랑을 지속할수록 그녀가 나를 사랑하지 않는다는 사실만 뼈저리게 느껴졌다. 나를 사랑하지 않는 사람을 어떻게든 곁에 두는 것과 나를 사랑하지 않는 사람을 눈 딱 감고 떠나보내는 것. 이 둘 중에 덜 아픈 건 차라리 떠나보내는 쪽일 거라 생각했다. 우리 이제 진짜 그만해야 할 거 같다고 그녀에게 말하기 전에 몇 번이고 되뇌었다. 그녀는 이 세상에 존재하지 않는 사람이다. 세상을 떠난 사람처럼 죽었다고 생각하기로 마음먹었다. 미욱하게도 그래야 내가 살 것 같아서.

두 사람하고 이별했어도 세상은 여전한 모습으로 흘러갔다. 꽃이 폈다가 비가 내렸다가 눈이 내리면서. 사랑을 시작했다가 다시 또 이별하면서. 시간이 약이라는 말처럼 지금은 글로 적어낼 수 있을 만큼이 되었다. 당시에는 어떻게 해야 할지 몰라서 차라리 세상이 끝났으면 좋겠다고 생각했었는데 지금까지 살아가고 있다. 어떻게 잊었냐고 물어본다면 살다보니 잊혀졌습니다, 라는 대답밖에 할말이 없다. 괜찮아졌다고 해서 모든 기억이 지워진 것은 아니다. 늦은 저녁으로 라면을 끓이거나 편지 봉투를 보면 문득 그때가 생각나고는 한다. 운전하다가 가만히 길을 걷다가 떠오르기도 한다. 예전만큼 견딜 수 없이 아프진 않지만 어제 일어난 일처럼 시야를 가득 채우는 선명한 기억도 더러 있다. 그렇게 그때 기억이 몰려오면 마음 한구석에 든 멍이 다시 번지는 기분이다. 아직도 그 사람들과 관련된 감촉들이 생생하게 잡힐 것 같을 때면 이런 생각이 든다. 사랑했던 크기만큼 미친 이별이구나. 환절기가 찾아오면 마른기침하듯 오래 앓겠구나.

지워지지 않는 사람이 있다.

그리운 사람에게

저는 카페에 앉아 있어요. 이곳은 사연이 많은 곳입니다. 가끔 소리 없이 울고 싶은 날이면 이곳에 들렀습니다. 말 못할 사연이 있는 사람처럼 몇 잔씩 마시고는 했어요. 대부분 누군가와 함께 오는 곳인데 저는 혼자 온 적이 많았지요. 사랑하는 사람이 생기면 함께 오고 싶단 생각을 자주 했습니다. 마주앉아 저쪽에서 글을 쓰다 조금 울었다는 이야기나 삐걱거리는 마루를 걸을 때면 가끔 건물이 무너질까 두려웠다는 말도 해주고 싶었어요.

당신은 늘 나를 좋게 봐줬지요. 내가 가진 것 이상으로요. 덕분에 어떤 날은 생일도 아닌데 가을 냄새를 맡기도 했답니다.

기억나나요? 우리가 처음 생일을 같이 보냈을 때 이런 날은 한 숟가락 더 먹어야 한다며 음식을 가득 담아 내 입에 넣어줬던 거요. 당신의 순한 손이 가까이 닿자 새삼 알게 됐습니다. 누군가 내게 음식을 먹여준 건 아주 오래전 일이고 당신과 나는 다르다는 것을요. 내게 물었습니다. 엄마가 끓여준 미역국 먹고 나왔냐고요. 바빠서 그냥 나왔다고 말했지만 차마 할 수 없는 말이 있었어요. 그런 환경에 속해 있었다면 글 쓰지 않았을 거라는 이야기요. 물론 아무도 잘못한 건 없었습니다. 사랑하는 사람 곁에서 사소한 것도 결점으로 느껴지는 건 죄가 아니잖아요. 잘 보이고 싶은 마음일 뿐이죠. 가까워지고 싶은 사람일수록 더 말하기 힘든 이야기가 있었습니다.

당신이 울고 싶어하는 것처럼 보이면 꽃다발을 들고 갔어요. 냄새를 맡기 위해선 고개를 숙여야 할 테고 그럼 우는 모습쯤은 아름답게 감출 수 있을 거라 생각했습니다. 당신이 꽃냄새를 깊게 맡으면 조금 오래 울고 싶구나, 생각하면 그만이었으니까요. 그렇게 우리는 별다른 고백 없이 꽃 하나로 연인이 되었습니다. 많이 서툴렀습니다. 지금 나이였다면 조금 더 멋들어진 고백을 할 수 있었을까요? 어떤 이는 말없이 시작한 사랑이라 사랑이 아니라 말할지 모르겠지만 우리가 연인이라는 증거는 충분했습니다. 박물관에 처음 간 아이들처럼 함께할 때면 세상 모든 게 신기했으니까요. 어떤 날은 교복을 입은 아이들처럼 아무것도 아닌 일에 종일 웃다가 그만 해가 져버렸습니다.

그랬던 우리도 결국 간극을 좁히진 못했네요. 고개를 끄덕이기 어려울진 모르겠으나 자명한 사실이었습니다. 서로 다른 시계를 차고 사는 사람들처럼 조금씩 어긋나기 시작하더니 어느새 모든 흔적이 사라질 만큼 멀어졌습니다. 서로의 불안을 외면한 탓인지도 어쩌면 너무 많은 감정에 참여한 탓인지도 모르겠습니다. 우리 처음 영화를 봤던 곳이 종로였나요, 을지로였나요? 케이크 하나 사 왔던 건 복숭아 케이크 맞죠? 하늘색 잘 어울린다는 이야기는 제가 했나요? 나도 질투한 적이 많았는데 혹시 눈치는 챘어요? 묻고 싶은 게 많은데 물을 수가 없네요. 우리에게 필요했던 건 더 많은 확신이었을까요. 빠른 이별이었을까요. 당신은 나를 사랑하지 않을 텐데 나는 또 비겁하게 이런 게 궁금한 거예요.

이젠 당신이 나를 미워할 거라는 것도 압니다. 내가 당신에게 매몰찼다고 생각할 테니까요. 우린 서로의 입장을 영원히 알 수 없습니다. 그래서 우릴 사랑이라고 불렀던 건지도 모릅니다. 나도 이따금 당신을 미워하겠지요. 그리고 그리워할 거고요. 이런 모양으로 사랑이 퇴색된다는 것도 기억이 바래진다는 것도 알고 있습니다. 조금 더 지나면 깨닫겠지요? 버스에 올라타 언 손을 녹이다가, 한여름에 찬물로 손을 씻다가 느끼겠지요. 당신에게 반지를 끼워준다면 이쪽 손가락이 좋겠다는 말을 쓰다가 지우면서요. 이별이구나. 이제는 어떤 말도 전할 수가 없구나. 사랑은 그렇게 소리 없이 찾아왔다가 굉음과 함께 사라질 것입니다.

나는 누구를
마중나가고 싶은 것일까

큰길

평생을 시골에서 살았다. 내가 사는 곳은 언제나 읍, 면, 리였다. 물론 지금이야 어지간한 시골도 도시화가 많이 됐지만. 내 기억 속에서 가장 깊은 곳으로 자리잡은 시골은 강원도다. 유년 시절을 보낸 곳이다.

놀거리가 많이 없던 동네에 자주 놀러가던 친구네 집이 있었다. 그때 당시 친구네 아버지는 꽤 큰 병원의 원장이셨던 걸로 기억한다. 감기에 걸려서 병원을 찾으면 친구네 아버지가 진료도 봐주시고 다정하게 이름도 불러주셨다. 의사

아버지를 둔 친구답게 집에는 신기한 물건이 많았다. 대부분이 오락거리였다.

　어느 토요일에 친구네 집에서 놀고 있을 때였다. 함께 오락도 하고 시끌벅적하게 놀고 있었는데 친구네 아버지께서 물어보시는 게 아닌가. 저녁 먹으러 갈 건데 같이 갈래? 난 고개를 끄덕였다. 그렇게 친구네 가족 사이에 끼어서 차를 타고 먼 거리로 저녁을 먹으러 갔다. 처음 가보는 곳이었다. 정원과 큰 식탁이 있었는데 가만히 앉아 있기만 하면 모든 음식을 가져다주셨다. 어떤 걸 먹어도 맛있었다. 기다리는 시간이 지루해 공놀이를 해도 아무도 뭐라고 하지 않는 그런 곳이었다.

　배도 부르고 공놀이도 지겨워졌을 땐 식탁 근처를 빼고 온통 밤이었다. 다시 차를 타고 돌아오는 내내 그제야 집에다 전화 한 통도 하지 않았다는 게 떠올랐다. 시간이 너무 늦은 거 아니냐는 말씀에 괜찮다며 큰길에 내려달라고 했다. 우리집으로 돌아가는 길은 여럿이었는데 엄마랑 장을 보러갈 때 다니던 큰길을 걸으며 집으로 향했다. 어찌나 무섭던지. 거리도 어두웠고 혼나는 것도 걱정이었다. 한참을 걸었던 그 길 끝에 엄마가 서 있었다.

엄마는 나를 보자마자 한걸음에 달려와 길 한복판에서 엉덩이를 손으로 내리치셨다. 그것도 여러 번. 그날 엄마는 나를 유독 오랫동안 혼내셨다. 얼마의 시간이 지나고 집으로 돌아가는 그 짧은 길에 엄마는 내 손을 먼저 잡으셨다.

다음날 내가 엄마에게 미안하다고 했는지 그날 저녁 엄마가 나에게 미안하다고 했는지는 기억나지 않는다. 가족 사이에 일어난 일은 늘 사소하게 화해하는 법이니까. 어두워진 거리를 걷다보면 가끔 그날이 떠오를 때가 있다. 집으로 들어가는 시간이 새벽에 가까울수록 더 생각난다. 엄마는 어쩌면 해가 지기 전부터 큰길에 서 있었을지도 모른다. 집으로 돌아가는 길이 여럿이었음에도 내가 걸어올 길을 엄마는 이미 알고 있었다는 걸 나는 몰랐다.

자식이 부모를 이해하는 일만큼 슬픈 게 또 있을까. 알 수 없었던 것을 이해하게 됐을 땐 이미 존재하지 않을 테니까. 언젠가 나는 또 어떤 아이에게 그 아이는 모를 것을 내어주겠지. 삶은 그렇게 돌고 돈다.

노란 불빛

처음 했던 아르바이트는 전단지를 돌리는 일이었다. 매달 내는 체육관비가 버거웠는데 집에다 손을 벌리기에는 여의치 않던 상황이었다. 그렇다고 운동을 그만두자니 그렇게 가슴 뛰는 일을 놓을 수가 없어서 선택한 게 일을 하는 거였다. 동네마다 꽂혀 있는 지역 신문을 뒤적거리다가 아파트에 전단지 붙일 아르바이트생을 구한다는 문구를 보고 전화를 걸었다. 몇 살이냐고 묻는 말에 열다섯이라고 답했더니 웃으면서 한번 와보라고 하셨다.

아직도 그때 기억이 선명하다. 나도 이제 돈을 벌 수 있다는 두근거림으로 찾아간 사무실에서 간단한 설명을 들었다. 하는 일은 단순했다. 그날 배정받은 분량의 전단지를 아파트 문마다 붙이면 그만이었다. 일당은 당일 지급. 전단지를 붙이지 않고 버리다가 들통나면 모든 걸 다 물어줘야 한다는 말도 들었다. 비밀번호를 입력하고 들어가야 하는 아파트는 작은 카드를 하나 주시기도 했다.

그다지 힘들지도 않았고 돈도 벌 수 있었으니 생각보다 오래 일하게 됐다. 내가 시간이 되는 날 가서 일을 할 수 있었기에 더할 나위 없었다. 일을 넘겨주시던 소장님도 점점 내가 마음에 들었는지 더 많은 전단지를 주셨다. 오전에 가서 오후면 끝나던 일이 조금씩 늦어지더니 어느 순간 저녁 늦게까지 하는 일이 잦았다. 어떤 날은 열두 시간이나 전단지를 붙이느라 일당을 받으러 사무실이 아니라 소장님이 술 마시고 있다는 한 가게 앞으로 간 적도 있었다.

수학 학원에 다녀야 하는 나이에 수학 학원 전단지를 돌리는 것도 친구들과 놀다가 일하러 가야 한다며 먼저 자리를 일어나는 것도 가방 가득 전단지를 넣고 뛰어다니는 것도 하나도 문제되지 않았다.

잘하던 일을 그만두게 됐던 건 어떤 하루 때문이었다. 아파트에 전단지를 붙이고 있을 때였다. 종일 돌려도 겨우 다 할까 말까 한 분량을 받았기에 늦은 시간까지 뛰어다니고 있었다. 한 집에 전단지를 붙이고 돌아섰는데 마침 엘리베이터에서 집주인으로 보이는 아주머니가 장바구니를 들고 서 계셨다. 그녀가 내가 전단지를 붙였던 집 문을 열고 들어갔다. 좁은 문틈 사이로 너무 따뜻해 보이는 노란 불빛이 새어나오고 있었다. 그렇게 따뜻해 보이는 불빛은 처음이었다. 누군가 나한테 뭐라고 말한 것도 아니었는데 그 순간이 그렇게 부끄러울 수가 없었다. 가족이 있는 저녁과 좋은 집. 얼핏 봐도 포근해 보이던 노란 불빛. 나는 그런 것을 한 번도 누려본 적이 없었으니까. 나와는 너무 다른 삶을 사는 사람들이 세상에는 가득했다.

아버지

살다보면 터득하는 것들이 있어요. 감기가 올 것 같다. 아무래도 이 관계는 끝이 안 좋을 것 같다. 모든 비밀을 다 털어놓을 필요는 없다. 나이가 들수록 삶을 해석하고 이해하는 자신만의 방법이 생기죠.

그중 하나가 부모와 자식 관계였어요. 우린 늘 부모의 보호 아래 있었죠. 부모님이라는 존재만큼 전지전능하고 완벽하며 듬직한 존재는 아무것도 없었어요. 우리가 기억하지 못하는 시절에도 그렇게 바라봤을 겁니다. 하지만 끝내 부모와 자식은 언젠가 역할이 바뀌어요. 우리가 성숙해지고 어른에 가까워질수록 부모님은 쇠약해지고 노인에 가까워지니까요. 누구에게나 찾아오는 삶의 순환입니다.

제가 갓 성인이 됐을 때부터 아버지 건강이 안 좋아지셨어요. 조금씩 안 좋아지시더니 근래에는 입원하는 횟수가 더 잦아지셨죠. 또래보다 너무 빨리 역할이 바뀐 사람 중에 하나였습니다.

아버지의 보호자가 되는 것. 그리 달가운 일은 아니었습니다. 여전히 제가 어리다고 생각했으니까요. 뭐 별수 있겠습니까. 산다는 건 하고 싶은 일을 하는 것보다 하기 싫은 일을 더 많이 하는 거니까요. 그 생활이 조금씩 반복되다보니까 이런 생각이 들더라고요. 병원비가 무섭지 않으려면 진짜 미친듯이 일을 해야겠구나. 쓸데없는 데에 들이는 시간을 줄이고 잠도 줄이고 살아야겠구나. 편하게 병원에 다니려면 차가 있어야겠구나. 나도 기댈 게 있어야겠구나. 밥을 빨리 먹는 버릇은 그때 생겼습니다.

전 그렇게 치열하게 살았고 돈을 모으고 차를 샀어요. 기댈 게 필요했기에 노래도 치열하게 들었고 글도 울면서 썼죠. 애석하게도 아버지의 아픔이 저한테는 또 한번의 원동

력이 된 거예요. 슬프지 않나요? 비극 속에서 삶을 이해하고 아픔 속에서 발버둥칠 때 삶이 나아진다는 게요. 아버지를 병원에 모시고 갈 때면 도착하기도 전에 죽고 싶단 생각을 했어요. 사랑하는 아버지가 아프다는 사실보다는 제가 견뎌야 하는 것들 때문이었어요.

간호사나 의사의 말을 끝까지 듣지도 않고 말을 자르는 아버지의 모습. 몸 상태가 안 좋아서 잘 움직이지 못할 수 있는데 담배를 피우고 싶다고 하시는 모습. 자신의 몸을 망친 대가로 받는 치료를 아프다고 싫어하는 것. 사람들에게 무례하게 대하거나 본인만 생각하는 모습. 아버지가 이러다 영영 내 곁을 떠날 수 있을지도 모른다는 불안보다 그걸 견디는 게 더 힘들었습니다.

아버지를 모시고 응급실로 가야 하는 날이 있었죠. 비가 오는 날이었습니다. 가는 동안 잔소리를 했어요. 그러니까 그건 하지 말고 이건 이렇게 했어야지. 아버진 대꾸할 힘도 없다는 듯 눈만 감고 계셨죠.

여차여차 검사를 마치고 입원 수속도 밟았어요. 병실에 올라가서는 간호사가 하는 말을 다 듣기도 전에 말을 자르는 모습을 보면서 또 한바탕했죠. 가만히 있어라. 일단 좀 들어라. 아빠는 의사가 아니다. 그냥 가만히 있으면 내가 이야기하겠다. 아버지가 사람들에게 무례하고 자신만 생각하는 모습이 죽도록 싫었으니까요.

그렇게 한바탕 소동이 끝나고 집으로 돌아가려고 응급실 앞 주차장으로 가고 있었어요. 누가 툭툭 치길래 뒤를 돌아보니 병원복을 입은 아버지 또래의 남자였습니다. 절 보자마자 대뜸 불 있어요? 이러시더니 아직 대답도 안 했는데 또 불 있어요? 이러시는 거예요. 담배 안 피운다고 하면서 웃었는데 그분은 내 말이 끝나기도 전에 몸을 휙 틀고는 다른 사람에게 똑같은 말을 하러 가셨죠.

빗방울이 뚝뚝 떨어지는 유리창 사이로 몇 번은 더 그러시는 모습을 봤어요. 만약 저 사람이 우리 아버지였다면 전 또 난리를 쳤겠죠. 지나가는 사람들한테 왜 그러냐면서요. 누가 봐도 무례해 보이는 모습을 보고 있는데 글쎄 하나도 미워 보이지 않는 거 있죠. 심지어 저한테 물어봤을 때도 웃으면서 이야기했으니까요.

가장 가까운 사람을 사랑하는 일은 왜 이리 어려울까요. 왜 우린 이토록 타인에게 더 다정한 걸까요.

생활과 상태

글쓰기 수업 첫 시간에 하는 이야기가 있다. 글이 뭐라고 생각하는지 물어보는 것이다. 침묵하거나 한 번도 생각해 본 적 없다는 대답이 대부분이다. 사전에 글이라는 단어를 검색하면 '생각, 말 등을 글자로 나타낸 것'이라는 정의가 나온다. 우리는 글을 바라볼 때 너무 거대하게 바라보는 경향이 있다고, 내 생각이나 말 등을 글자 그대로 나타낸 것뿐이라며 마음을 가볍게 가졌으면 좋겠다는 말로 수업을 시작한다.

모든 걸 정의할 수는 없겠지만 사전을 자주 찾아보는 편이다. 눈에 보이지 않는 추상적인 것을 글자로 보여주기 위해 얼마나 많이 지우고 쓰고 다듬고 자세히 들여다봤을까. 도대체 이게 무엇인지 알고 싶을 땐 사전적 정의를 찾아보면 답이 나오는 경우가 많다. 그중 한 가지가 행복이었다.

사람들은 행복에 강박이라도 있는 것처럼 맹목적으로 그것을 추구하는 경향이 있다. 행복이 무엇이라고 생각하냐고 물어보면 제대로 된 기준을 가지고 답하는 사람도 드물다. 삶에 존재하는 모든 요소는 기준이 없으면 흔들린다. 누구나 다 행복하고 싶어하지만 기준 없이 무작정 좋은 날이 있기를 바라는 것도 일종의 요행이다. 사전에 행복을 검색하다보면 여러 뜻이 나온다. 그중 한 가지가 앞으로 행복을 바라보는 태도가 되어야 하지 않을까 생각했다.

생활에서 충분한 만족과 기쁨을 느끼어 흐뭇함. 또는 그런 상태.

중요한 것은 두 가지였다. 생활과 상태. 생활은 일상이라는 말로 대체가 가능하다. 흔히 우리가 일상이라고 부르는 것들이 잘 유지되어야 한다는 말이다. 사람을 만나고 거리

를 걸고 일을 하고 집에서 잠을 자고 하는 것들이 무너지지
않고 안전해야 한다. 또다른 하나는 소유가 아닌 상태이다.
어떤 물건을 가졌을 때 잠깐 기분이 좋아졌다가 이내 가라
앉는 이유는 상태보다는 소유 쪽에 가까워서 그렇다. 물건
을 산다는 건 지속해서 기분좋은 어떤 상태에 놓여 있는 게
아니라 무언가를 획득하는 쪽에 가깝다. 사전을 가만히 들
여다보고 있으면 그런 생각이 든다. 하루하루 잘 먹고 잘 사
는 게 행복이라는 것. 거대한 것을 가지는 것보다 사랑하는
사람들과 포근한 햇살 아래 앉아 대화를 나누는 게 더 행
복이라는 것. 생활과 상태. 그 사이에 놓인 것들이 우리를
웃게 한다.

십칠층

인간은 살아가는 동안 잊히지 않는 경험을 합니다. 사소할 수도 있고 굵직할 수도 있죠. 몇 번 그런 경험이 있었습니다. 두더지를 실제로 봤을 때 그랬어요. 땅이 움직이는데 어찌나 신기하던지. 청설모라는 다람쥐를 처음 봤을 때도 그랬습니다. 눈이 얼마나 동그랗던지요. 해가 뜰 무렵 고라니 한 마리가 풀 뜯던 모습도 잊히지가 않습니다. 안개 사이에서 풀 뜯는 고라니는 성스럽게 보였거든요. 별일 아닌 일이 오랫동안 자국 남을 때도 있습니다.

삿포로에 머물 때였어요. 눈을 좋아하는 저한테는 최적의 장소였습니다. 그해 한국은 눈이 거의 오지 않았거든요. 오로지 눈을 보기 위해 떠난 여정이었고 철저히 혼자 있고 싶었던 여행입니다. 제가 머물렀던 호텔은 십칠층이었습니다. 며칠 머물지 못할 거 호화스러운 여행이라도 해보자는 심정이었죠. 상처 난 마음을 천박하게 포장하는 위장술이기도 했습니다. 직원은 친절했고 높은 층에서 내려다보는 삿포로는 눈발 하나 없어도 반짝였습니다.

모르겠지요 사람들은. 창밖을 바라보면서 창문이 깨졌으면 좋겠다는 생각이 덜컥 들었다는 걸요. 철저히 혼자 있고 싶어했으면서도 아무나 붙잡고 울어버리고 싶었다는 것도요. 어디로 가야 하는지 모른 채 자꾸 달리기만 했던 탓일까요. 사는 게 참 그렇더라고요. 할 수 있는 건 멀리 떠나는 일뿐이었습니다. 삶은 저에게 아직 때가 아니라는 걸 알려주기라도 하듯 눈이 하나도 오지 않았어요. 며칠 동안 했던 일이라고는 혼자 술을 마시고 글을 쓰는 것뿐이었습니다.

그러던 어느 저녁이었습니다. 속옷만 입고 맥주 한잔 마시면서 글을 쓰고 있었죠. 피곤한 탓에 금방 취했는지 땅이 흔들리는 것처럼 느껴졌습니다. 어떤 멀미처럼요. 빈속에 술을 마신 탓이라고 생각했어요. 잠시 뒤, 이번에는 누가 봐도 건물이 흔들린다고 느낄 만큼 휘청거렸죠. 그때 전화기에서는 재난을 큰 소리로 경고하기 시작했고 호텔은 분명한 자세로 흔들리고 있었습니다. 알 수 없는 방송이 흘러나오는 와중에 알아들을 수 있는 단어가 하나 있었습니다. 지진. 지진이 난 거였어요.

황급히 바지와 티셔츠를 입으며 수북이 쌓인 짐들을 바라봤습니다. 다 사라져도 좋았으나 노트북만큼은 잃을 수 없기에 꼭 껴안고 일층으로 뛰었습니다. 아름다웠던 높이만큼 전력을 다해야 했습니다. 얼마 지나지 않아서 지진은 멈추었습니다. 혼란스러웠던 사람들도 어느 정도 진정하고는 하나둘 각자의 방으로 돌아갔죠. 다시 옷을 벗고 한숨 돌리려는데 이상한 구석이 하나 있었습니다. 수북이 쌓인 짐을 바라보던 그때. 생애 처음 느껴본 지진에 어찌할 바를 모르던 그때. 떠오르던 이름이 하나 있었거든요.

오랜 친구였습니다. 지금은 안부도 묻지 않는 사이지만요. 속옷 차림으로 뉴스나 이야기로만 전해 들었던 지진을 처음 경험하던 순간에 왜 그 사람 이름이 떠올랐을까요. 삶이 윤택할 땐 한 번도 생각나지 않다가 이대로는 안 되겠다 싶을 때 모르핀처럼 생각났을까요. 어쩌면 그 사람이 유일

해서였는지도 모르겠습니다. 몇 년 만에 전화를 걸어도. 그게 같은 나라가 아니라 다른 나라라도. 심지어 사유가 낯선 나라에서 느낀 지진 때문이라고 말해도 그럴 수 있다고 말해줄 것 같은 사람이었어요. 어디서부터 꼬인 건지는 모르는 삶이 싫다고 난데없이 말하면 사는 게 원래 그렇다며 눈을 느리게 깜빡여줄 것 같은 사람이었어요. 자주 어른 냄새가 나던 사람이었죠.

며칠 울다보면 괜찮아지는 게 사는 거더군요. 소리 내서 운 적은 없었지만 그때 십칠층은 남몰래 앓기 좋은 곳이었습니다. 공항으로 가는 날 아침엔 저를 배웅해주기라도 하듯 함박눈이 내렸습니다. 어떤 한 사람의 눈꺼풀처럼 느리게요. 크고 느린 눈송이를 가만히 바라봤습니다. 비행기를 타고 다시 일상으로 돌아가겠죠. 불안정한 삶을 이어갈 것입니다. 지진이라도 난 것처럼 비행기가 흔들릴지도 모르겠습니다. 그럼 가만히 눈을 감을 겁니다. 다른 사람은 다 잊어도 나를 이해해주던 사람만큼은 잊지 못합니다. 나도 한 사람에게 그런 존재가 되어주고 싶다는 생각만으로도 괜찮은 비행이겠습니다.

세상을 아프게 살고 싶다

어릴 때부터 꿈이 많았다. 부자, 시인, 경찰, 검사, 의사, 운동선수, 뮤지션, 카페 사장, 헬스장 사장, 우주비행사, 아이스크림 만드는 사람, 목수, 건축가, 디자이너, 회사원. 지금 생각나는 것만 이 정도다. 마음먹고 쓰면 한 페이지를 다 채울지도 모른다.

왜 그토록 많은 꿈을 꾸었는지 스스로에게 물어본 적이 있다. 좋은 교육 환경에 속해 있었던 것도 삶이 풍족했던 것도 아닌데 말이다.

꿈은 상상과 관련된 것이다. 일어나지 않은 일을 먼발치에서 희망할 때를 꿈이라고 부른다. 그토록 자주 바뀌고 온갖 것을 꾸었던 건 현실을 견디기가 힘들어서 그러지 않았을까 싶다. 상상하지 않으면 버틸 수 없던 시절이 만든 버릇이랄까. 지옥 같은 현실이 머릿속에서는 낙원을 그리게 한 거라고 생각한다. 이 주 전에는 카페를 다시 하고 싶다고 노래 부르다가 지난주에는 서점을 하고 싶다고 이야기했다. 지금은 원고를 잘 마무리하고 싶다는 생각을 하면서 이 시기가 잘 지나고 나면 좋은 로맨스 소설 하나 써보고 싶다는 생각을 한다. 그러는 동시에 이어폰을 타고 흐르는 음악을 나도 한번은 사람들 앞에서 불러보고 싶단 생각을 한다. 지독하다. 삶이 여전히 괴로운 걸까. 내가 사춘기인 걸까.

다행인 것은 몽상가는 아니라는 점이다. 난 내가 꿈꾸는 걸 이루기 위해 모든 시간을 다 사용하고 있다. 누구에게나 한정된 시간 속에서 형형색색의 꿈을 꾸고 그걸 조금이라도 만져보기 위해서는 남들과 다르게 지낼 수밖에 없다. 일단 잠을 자는 시간이 남들보다 현저히 적고 불필요한 것에 시간을 쓰지 않는다. 어떤 꿈은 절대 이루지 못하겠지만 덕분에 몇 개는 이뤘다. 그중 하나는 카페 사장이었다. 누나 덕분이었지만 어린 나이에 사장 아닌 사장이 됐었다. 그 당시에는 직접 로스팅하는 카페도 지금처럼 많지 않았다. 심지어 시골이었던 우리 동네에는 반경 이십 킬로미터 내에 그런 카페가 있지도 않았다. 그런 곳에 떡하니 로스터리 카페를 차리고 영업을 했다.

얼마 지나지 않아서 커피에 크림이 올라가는 메뉴가 유행하기 시작했다. 아인슈페너라고 부르는 커피. 아인슈페너는 독일어로 '한 마리의 말이 끄는 마차'라는 뜻이다. 마부들이 피로를 풀기 위해 커피 위에 생크림을 듬뿍 얹어 마신 것에서 유래된 커피다. 흔들리는 마차 위에서 커피가 흘러넘치는 것을 막기 위해 크림을 덮어 마셨다는 이야기도 있다. 지금이야 흔한 메뉴지만 그땐 서울에 유명하다는 몇 개의 가게 말고는 판매하는 곳이 많지 않았다. 팔더라도 맛이 별로인 곳이 많았다. 커피 위에 크림. 쉬워 보이는 레시피지만 원래 쉬운 것일수록 어렵다. 변수가 많기 때문이다. 차라리 재료가 많이 들어가면 부족한 맛을 숨기고 보완할 수라도 있는데 한두 가지밖에 들어가지 않는 게 오히려 어렵다. 초콜릿과 커피를 녹인 건 커피가 덜 맛있어도 되지만 물과 커피만 섞는다면 커피가 무지 맛있어야 하는 것과 같은 이치다.

당시에 나름 사명감 같은 게 있었다. 조금 더 맛있고 다양한 커피를 가져와 동네 사람들한테 전파하겠다는 이상한 사명감. 유명하다는 곳은 다 돌아다니면서 아인슈페너를 마셨다. 그러고는 가게로 돌아와 비슷한 맛을 흉내내기 위해서 몇 번씩 만들어봤다. 유제품이 몸에 잘 맞지 않아서 크림을 몇 번씩 먹은 날에는 속을 게워내기도 했다. 잠을 못 자는 건 부지기수였다. 그러다 도저히 내 힘만으로는 안 될 것 같아서 자료를 찾아보고 외국 사이트도 돌아다녀보고 세미나도 다녔다.

그렇게 알게 된 사실 덕분에 좋은 레시피를 얻을 수 있었다. 커피를 머신으로 내리면 크레마라는 게 생긴다. 흔히 커피 위에 보이는 갈색 층. 거기엔 지방 성분과 오일 성분이 들어 있다. 크림도 지방이 많기 때문에 머신으로 내린 커피 위에 크림을 아무리 올려도 맛있어지지 않고 오히려 느끼해지는 것이다. 아인슈페너를 만들 땐 핸드드립으로 내린 커피를 써야 한다. 종이에 오일 성분이 걸러지기 때문에 크림과 합쳤을 때 덜 느끼해진다.

크림을 구성하는 요소도 중요하다. 크림엔 두 종류가 있다. 식물성 크림과 동물성 크림. 동물성 크림은 묵직한 맛을 낸다. 단점은 유통기한이 짧고 자칫하면 느끼해질 수가 있다. 크림을 한입 먹었을 때 입에서 느껴지는 질감과 단맛은 설탕으로 조절한다. 동물성 크림과 식물성 크림을 어떻게 배합할 건지. 거기에 설탕은 얼마나 넣을 건지. 드립으로 내릴 커피는 로스팅을 얼마나 할 건지. 생두는 어디 것을 쓸 건지. 커피와 크림의 비율은 얼마큼으로 할 건지. 크림 위에는 어떤 가니시로 맛을 더 돋울 건지. 이 모든 걸 다 잡는데 일 년이 걸렸다. 더 좋은 글을 쓰겠다고 카페를 정리한 지 삼 년이나 됐는데 이렇게 술술 기억한다. 만들어보라고 하면 당장 만들 수도 있다. 이 몇 줄로 내 지난 세월의 열정이 전해졌으면 한다.

커피 이야기가 너무 길어졌는데, 그렇게 잡은 레시피를 프로젝트 한다는 이유로 몇 명에게 알려준 적이 있었다. 난 그곳에서만 사용할 줄 알았는데 얼마 지나지 않아서 그중 두 사람이 카페를 차렸다. 내가 알려준 그대로 만드는 거냐고 물어볼까 하다가 멈추었다. 그 말을 물어보고 싶다는 사실만으로도 이미 관계는 끝난 것이었으니까. 또다른 일로는 좋은 게 좋은 거라고 어떤 계약서에 사인하면서 곱창집에서 만난 적도 있었다. 저녁 먹으러 간 김에 계약서를 쓱 내밀길래, 난 당시 그 사람들을 좋아하고 있었으므로 읽지도 않고 사인을 했다. 물론 내 잘못이 없는 건 아니지만 결국엔 얼굴을 붉히는 사이로 관계가 끝났다. 더 말하고 싶은 이야기가 가득하지만 말해서 무엇 할까. 어차피 다 지난 일인걸.

꿈이 많다는 것. 하고 싶은 게 많고 사랑하는 게 많다면 어쩔 수 없이 사람을 많이 만날 수밖에 없다. 세상 모든 일은 사람과 관련된 것이니까. 생각해보면 사람을 만나고 알아가고 믿는 과정에서 좋았던 날보다 상처가 된 날이 더 많았던 것 같다. 일련의 과정을 보며 다신 누군가에게 내가 알고 있는 걸 알려주지 않아야겠다고 다짐한 적이 있었다. 사용하지 않을 거라도 차라리 혼자만 알고 있자. 어떨 때는 사람을 만나는 게 지겹고 피로해서 집안에서만 며칠을 지낸 적도 있었다. 사람을 사랑하고 세상을 사랑한 대가로 아픔이 돌아올 때가 많다. 그런 사람들은 낡은 문이든 녹슨 문이든 손잡이 없는 문이든 계산 없이 열어보고 마는 사람들이니까.

어떻게 사는 게 맞는 건지는 모르겠다. 다만 가만히 있으면 상대적으로 마음 아픈 일이 덜 생길 거라는 것쯤은 안다. 사람을 좋아하지만 여전히 사람이 무섭다. 많은 것을 꿈꾸고 하나씩 다가가보고 싶지만 그 과정에서 받을 상처 역시 머뭇거리게 한다. 그래도 어차피 어떻게든 살아가야 하는 게 삶이라면 마음이 시키는 대로 살고 싶다. 설령 그것이 상처로 돌아오더라도. 밋밋한 삶으로 사느니 차라리 세상을 두드리고 아픈 상태로 살겠다.

마음의 창문

한 번도 여행을 계획하고 떠나본 적이 없다. 나에게 떠난다는 것은 도피와 같다. 혼자 있고 싶다거나 세상에 버려진 기분을 느끼고 싶거나 내가 나와 대화하고 싶은 기분이 들 때면 떠난다. 도저히 이렇게는 안 되겠다 싶을 때. 그때 딱 떠난다. 언제 그런 기분이 들지 미리 알 수 없으니 즉흥적으로 떠나는 게 맞다.

안동으로 간 것도 그런 이유였다. 모든 걸 말랑말랑하게 만드는 봄 때문일 수도 있겠으나 가장 강한 전류가 흘렀던 건 사진 한 장이었다. 창호지가 붙어 있는 미닫이 창문 너머로 보이는 산. 그 근처를 둘러싸고 있는 이름 모를 풀들. 하염없이 흐르던 임하호. 그 사진 한 장에 매료돼서 어딘지 알아보다가 알게 된 지례예술촌이었다. 그곳에 가면 가진 게 없어도 충만할 것 같았다. 울거나 낮잠을 자거나 어린 시절을 떠올리다 하염없이 걷기 좋은 곳. 그 시절, 너무 많은 것을 가지고 싶은 마음에 내가 나를 아프게 하던 시절이었다.

나 같은 사람이 많았는지 임하호가 보이는 방은 겨울까지 예약이 모두 차 있었다. 그때가 사월이었는데 말이다. 이대로 포기해야 하는 건가 싶었지만 어디선가 물비린내가 코끝을 스쳤다. 기분좋은 예감을 믿기로 하고 몇 분 더 시도하다보니 갑자기 방 하나가 예약 가능한 상태로 바뀌었다. 금요일이라 그랬는지 누가 예약을 취소한 것이다. 이때다 싶어 얼른 예약했다. 토요일 낮에 일정이 있었지만 하루라도 머물 수 있다면 괜찮겠다고 생각했다.

안동은 사진처럼 고요했다. 누군가 일시 정지를 눌러놓은 것 같은 동네였다. 지례예술촌은 안동역에서도 꽤 떨어져 있었다. 장을 보고 서둘러 운전대를 잡았다. 어렴풋한 기억이지만 한 시간 정도 걸렸던 걸로 기억한다. 그 시간이 흐릿하게 기억나는 건 지나가며 마주하는 모든 풍경 때문이었다. 어느 하나 빼놓을 수 없이 모든 곳이 아름다워 아찔했다. 향기, 소리, 물결, 바람. 특히 기억나는 건 임하호를 가로질러 쭉 뻗어 있던 다리였다. 이름은 딱히 없을 것 같지만 지례예술촌으로 가기 위해서는 무조건 건너야 하는 곳이었다. 마치 그곳을 달리면 자동차가 길 끝에서 하늘을 날 것만 같았다. 어쩌면 그 길 끝에 한 사람이 서 있을지도 모른다는 희망을 품게 하던 곳이었다. 왠지 울고 있을 게 아니라 웃고 있을 것 같은 길. 나를 보자마자 꼭 안아줄 것 같은 길. 그럼 내가 울 것 같은 길.

그해 봄은 세상이 아픈 탓에 벚꽃도 불규칙하게 피었다. 임하호 근처는 꽃이 하나도 안 피었지만 산을 오르고 올라 지례예술촌에 가까워질 때는 흩날리고 있었다. 벚꽃이 핀다면 참 예쁠 것 같은 길과 다리를 기억하기로 했다. 언젠가 다시 오면 꼭 한번 들러야지 하는 마음으로. 숙소는 사진에서 보던 것보다 전율을 느낄 정도로 더 아름다웠다. 낡은 창문을 조심스레 옆으로 밀면 임하호와 햇빛이 가득 보인다. 말하고 싶은데 무엇으로도 표현할 수 없는 기분이다. 생각하면 가슴이 벅차다. 같이 간 동생과 가방을 내려놓고 사진을 조금 찍다가 그 근처를 한 바퀴 걷는 게 전부였다.

넉넉하게 사 온다고 사 왔지만 산책을 오래 한 탓에 허기
가 졌다. 원래 저녁식사를 예약할 수 있지만 장을 봐 가는
게 더 좋을 것 같아서 따로 예약하진 않았다. 주방을 기웃거
리다가 혹시 괜찮으시면 지금도 예약할 수 있냐고 물었더니
냉장고를 열어보시고는 이 정도면 될 거 같다며 여섯시에
맞춰서 오라고 하신다. 그렇게 저녁식사를 기다렸다. 하염없
이 누워 창밖을 바라보면서. 던지고 싶은 기억을 옆 사람 몰
래 던지면서.

우리가 주방에 머문 시간은 지례예술촌을 운영하시고 있
는 부부와 아들이 같이 저녁을 먹는 시간이었다. 아득한 시
간이었다. 가족들이 있는 주방과 때맞춰 먹는 저녁. 얼마 만
이던가. 우리 것을 먼저 차려주신 배려와 음식 솜씨 덕분에
십 분도 채 되지 않아 밥을 다 먹었다. 그러다 주방을 뛰어
노는 아이에게 몹쓸 버릇이 발동해서 묻고 말았다.

"너는 어른이 되면 뭐 하고 싶어?"

"요리사가 될 거예요."

"요리사? 요리사는 왜?"

"제가 요리하면 엄마가 밥 안 해도 되니까요."

어쩌면 좋을까. 저 아이의 마음을. 대답을 마치고 아버지
에게 도망가듯 뛰어갔지만, 어쩌면 좋을까. 나한텐 이렇게

몇 년 동안 지워지지 않는 말이 될 거라는 걸 아이는 알았을까. 장소와 사람이 주는 파동 때문에 시름시름 앓을 것만 같아 창문을 열었다. 오후에는 그렇게 선명하던 곳이 칠흑이다. 아무것도 보이지 않는 어둠을 바라보며 마음 어딘가 물든 멍이 번져올 때쯤 불빛이 보였다. 반딧불이일까. 당신이 온 걸까. 나에게 저녁 맛있게 먹었냐고 물어보기 위해 잠시 다니러 온 것일까. 낮에 본 길 끝에서 당신이 나를 안아주었다면 이젠 내 키가 더 커서 어색했을지도 모르겠다. 이젠 내가 당신을 안아주어야 하는 시절인지도 모른다. 내 인생 아무리 칠흑 같더라도 당신은 잊지 말아야겠다. 당신이 더 잘 드나들 수 있도록 마음에 창문 하나 크게 내어놓고 살아야겠다고 중얼거리는 밤이었다.

비디오

아빠, 아빠, 이거 안 열려. 어떻게 열어야 해?

손잡이를 더 잡아당겨야지.

세게 잡아당겨야 돼.

이렇게?

아빠가 열어줄게.

'근호 속초 여행'이라는 제목의 비디오는 이렇게 시작한
다. 어렸을 때 속초 여행을 간 적이 있었는데 그날을 기록해
둔 비디오다. 많고 많은 장면 중에 왜 저 장면부터 녹화를

시작했는지 모르겠다. 나는 안에 어떤 물건이라도 있다는 듯 자동차 문을 열고 싶어한다. 힘이 부족해서 열지 못하는 나를 아빠는 귀엽다는 듯 찍고 있었다. 비디오 속 어린아이는 아무 걱정이 없어 보인다. 코코아가 들어 있어 보이는 종이컵을 입에 물고 있는 것도 위태로워 보이고 지금은 한 손가락으로도 열 수 있는 차문을 잡아당기는 모습도 위태로워 보인다. 아빠는 나 대신 왼손으로 문을 열고 그 손으로 내 손을 잡고 속초 거리를 걸었다. 시장을 지나가는 동안 눈에 보이는 모든 것이 뭐냐고 묻는 나에게 아무런 짜증 한 번 내지 않고 다정하게 설명해준다. 다정하고 똑 부러지고 강했다. 비디오 속 아빠는.

이번에는 내가 춤춰볼게.
내 말이 끝나자 누나는 자리에 앉고
나는 얼토당토않은 춤을 추기 시작한다.

동네 사람들이 나를 보며 웃는다.
또래로 보이는 아이들은 나를 질투하는 눈빛이다.

그 속에서 엄마는 우리 아들 잘한다며
가장 크게 박수를 친다.

엄마가 잘한다고 말하자 내 춤사위가 더욱 격해진다. 땀을 뻘뻘 흘리면서 기억도 나지 않는 춤을 추고 있다.

제목도 붙여져 있지 않은 비디오의 시작. 우리집에 동네 사람들이 모여 있었는데 그 속에서 내가 춤을 추는 장면으로 시작한다. 옷을 두껍게 입은 것으로 보아 겨울이었다. 엄마는 나를 보는 내내 단 한 번도 웃음을 멈추지 않았다. 어찌나 박수를 크게 치던지 틀어놓은 음악 소리보다 엄마 박수 소리가 더 컸다. 난 그게 좋아서 나를 더 사랑해달라는 듯이 신나게 춤을 추고 있다.

영상 속에 저 아이는 남들 앞에서 춤도 추던 아이였다. 지금은 어떻게든 혼자 있고 싶어 세상을 피해 다니는데. 영상 속의 집은 불에 탔다. 옆집에서 크게 난 불이 우리집까지 옮겨붙는 바람에 하나도 남김없이 다 타버렸다. 양말도 그릇도 모두 다. 옆집에서 미안하다며 장롱을 보상 아닌 보상으로 줄 정도로 모든 게 다 타버렸다.

저 비디오는 어떻게 남아 있는 걸까. 아빠가 누나와 나를 안고 뛰어나갈 때 엄마가 비디오를 챙겼을까. 비디오가 불타 없어지면 우리 추억도 다 타버릴 거라고 생각하는 그런 사람이었을까. 저것마저 없으면 나중에 다시 얼굴을 볼 수 있는 건 아무것도 없을지 모른다는 걸 미리 알았던 것일까.

왜 저 비디오에는 이름을 붙이지 않은 것일까.

엄마는 고왔다. 생활에 찌들어 오래 다듬지 않은 머리카락도 숨기지 못할 만큼. 엄마가 입은 옷은 다 늘어났어도 누나와 나를 보며 웃는 모습만큼은 주름 하나 없었다. 마을 사람들 속에서도 제일 강해 보였다. 생기가 가득했다. 비디오 속 엄마는.

언젠가 어떤 상상을 할 때 가장 행복하냐는 질문을 받은 적이 있었다. 그건 죽음 이후에 대한 상상이다. 나는 안개 가득한 다리 하나가 무서워서 건너지 못한다. 망설이고 또 망설이는데 누군가 내 이름을 자꾸 불러서 천천히 건너갔더니 길 끝에서 안개가 사라진다. 길 끝에는 꽃과 나무, 집과 우물과 새, 나비가 가득하다. 내가 사랑하는 사람이 나를 마중나오고 그 뒤로 또 사랑하는 사람이. 나보다 먼저 세상을 떠난 모두가 한 마을에 같이 살고 있는 것이다. 가장 젊고 가장 건강했던 모습으로. 아주 큰 식탁에 미리 준비해둔 내 자리에 앉아 다 같이 저녁을 먹으며 우는 상상을 한다. 그 상상이 가장 행복하다.

짧은 머리카락

아버지는 평생 짧은 머리로 사셨어요. 깍두기 형님들 있
잖아요. 그런 머리처럼 언제나 짧고, 정직하게 자르셨죠. 오
래된 앨범 속에는 장발이었던 적도 염색을 했던 적도 있더
라고요. 다방 디제이도 했었고 기타도 치고 드럼도 쳤다네
요. 지금의 저처럼요. 물론 물어보진 않았어요. 사진을 보고
추측했을 뿐입니다.

그런 아버지 밑에서 자라서 그런지 또래 친구들이 미용
실에 갈 때 전 이발소를 다녔어요. 무려 중학교 이학년 때까

지 이발소를 갔었죠. 그때 학교에서 이발소를 가는 애는 저밖에 없었어요. 그 어린 애 면도할 게 어디 있다고. 이발사 아저씨는 항상 잘 데운 면도기로 얼굴을 깔끔하게 정리해주셨죠. 아버지처럼요.

아버진 짧은 머리를 계속 유지하는 것만큼 자신의 기준이 엄격한 사람이었어요. 화도 불같이 내셨죠. 근데 또 얼마나 다정했냐면요. 마음속 뜨거운 것을 사랑으로 변환시켰을 때 감정이 어마했어요. 글쎄, 일곱 살이었나? 강에서 누나랑 놀고 있었는데 내 상체만 한 돌을 날라 강 한복판에 수영장을 만들어줬다니까요? 덕분에 저는 물방울이 모두 내 것이라도 되는 것처럼 기세등등했었죠.

지난번에 말씀드렸죠. 아버지가 자신만 생각하는 모습을 보이거나 타인에게 무례한 모습을 보는 게 싫다고요. 정말 죽도록 싫다고요. 솔직히 그런 생각도 해봤어요. 아버지가 갑자기 머리를 기른다면? 지저분하든 말든 아무것도 신경쓰지 않고 내버려둔다면? 그 짧은 머리도 맥없이 처질 만큼 힘이 사라진다면? 어떤 열망도 없이 어떤 강인함도 없이 그저 타인의 말에 고개를 끄덕인다면 어떨까 하고요. 축 처진 머리카락처럼요.

요즘 그러시거든요. 저한테 무언가를 부탁할 때 눈치를 너무 보세요. 전에는 제가 날카롭게 대답하면 뭐라고 하셨었는데 이젠 그냥 한숨만 쉬고 마십니다. 아버지 손을 또렷하게 보는 게 두려워요. 이미 어떤 그림자가 나도 모르는 사이에 찾아오고 있다는 걸 눈으로 확인하는 게 될까봐요. 계속 미워할 수 있게 젊고 건강했으면 하는데. 아버지가 힘없이 고개를 끄덕이는 날이 온다면, 타인의 말에 아무런 부정도 못하고 오로지 고개만 끄덕인다면 저는 제가 승리했다며 기뻐할까요? 어렵네요. 부모를 이해하고 사랑하는 일은요.

시간이 하는 일

어릴 때부터 사람 사귀는 걸 어려워했다. 정확히 표현하자면 어려워하기보다는 까다로웠다고 말하는 게 맞는 것 같다. 까다롭다는 말도 예민하다는 뜻보다는 나도 모르는 기준으로 사람들과 가까워진다는 표현이 더 적절하다. 지금은 좀 괜찮아졌지만 옛날에는 술자리에 모르는 사람이 오면 금방 일어나고는 했다. 별로 친하지 않은 사람이 술자리에 온다고 하면 애초에 그 자리에 나가지 않은 적도 많았다. 사람을 대하는 방식에 있어서만큼은 편식이 심했다. 난 그냥 내가 좋아하는 사람들을 자주 보는 게 더 좋았다.

그래도 시골에서 살았던 덕분에 또래 친구는 많은 편이었다. 주변에 있는 사람이 다 친구라고 느껴지고 그 사이가 영원할 거라는 생각이 드는 시절이었다. 그랬던 사람들과 관계가 정리된 순간이 몇 번 있었다. 의도한 건 아니었다. 물 흘러가듯 자연스럽게 지내다가 나에게 굵직한 일들이 생겼을 때였다. 잘 다니고 있던 대학교를 그만두고 해결할 수 없는 일을 해결하려고 애쓰던 몇 년. 그때 난 사는 게 무시무시하게 느껴졌는데 그걸 말할 수 있는 사람이 그다지 없었다. 어두워 보이는 나를 보면서 무슨 일 있냐고 물어보는 사람도 그 사람에게 사실은 이렇다며 갓난쟁이처럼 울 수 있는 사람들도 별로 없다는 게 현실이었다. 새벽에 너무 슬퍼서 연락처를 쭉 훑어보는데 그 많은 사람 중에 막상 전화할 수 있는 사람이 없는 기분이랄까.

음악을 시작했을 때와 책을 냈을 때도 비슷했다. 인생 전부를 걸고 싶은 꿈이 생겼는데 어떤 사람 눈에는 그저 별일 아닌 일처럼 보였나보다. 작업실에서 녹음하려고 하는데 이야기도 없이 불쑥 찾아와서는 노래하는 거 한번 보여달라던 사람도 있었다. 책을 냈을 땐 내가 책을 냈다는 사실이 어느 술자리 안주였고 어떤 사람은 글 하나 써달라며 몇 년 만에 연락을 하기도 했다. 난 그 모습들을 보면서 큰바람이 불어오는 기분을 느꼈다. 그 바람이 나를 훑고 지나가면 남은 건 별로 없겠지만 살면서 겪어야 하는 일처럼 느껴졌다.

지금 내 주변에서 나와 같이 걸어주는 사람들은 몇 명 되지 않는다. 그래도 난 그들을 존중하고 그들 역시 나를 존중해준다. 아무도 나에게 덜컥 연락해서 글 하나 써달라는 말을 하거나 네가 책을 냈어? 따위의 말은 하지 않는다. 나 역시 어떤 사람이 사소한 것까지 너무 신경쓴다고 해서 나무라지 않는다. 그건 그 사람의 성향이니까.

이제 어떤 관계에서도 힘을 너무 쓰지 않기로 한다. 어차피 누가 내 곁에서 함께 걸어줄 사람인지는 나에게 생긴 변화와 아픔, 그리고 시간이 쌓이고 쌓여서 말해주는 일이니까.

김밥

저녁식사에 초대받았을 때였다. 과연 이런 음식을 내가 먹어도 되는 건가 싶을 정도로 황송한 음식들이 연이어졌다. 간단한 요리 한두 개도 감사한 일이라고 생각하고 찾아뵌 거였는데 그날 내가 먹은 음식은 코스에 가까웠다. 자리가 길어지는 만큼 술병도 늘어났고 엄청난 양의 음식도 슬슬 비어가고 있었다. 그러다 마지막으로 라면까지 먹게 됐다. 우리를 초대해주시고 요리까지 해주신 선배님께 먼저 좀 덜어드리려고 했는데 괜찮다고 하셨다. 라면은 제 소울 푸드가 아니라서요, 라는 말과 함께.

아, 소울푸드. 어떤 걸 표현하고 싶은데 정확히 표현할 수 있는 단어가 기억나지 않을 때가 있다. 내가 묻고 표현하고 싶었던 그 말은 소울푸드였다. 다음날 점심까지 거를 만큼 음식을 가득 먹었던 이유는 맛과 분위기 때문이었지만 누군가를 초대해 음식을 차려주시는 그 마음을 조금 알 것 같아서였다. 나 역시 누군가에게 음식 해주는 걸 좋아하는 사람이니까.

친한 동생 하나가 회사에서 이런저런 일을 당하고 그만두었다는 이야기를 들었다. 차근차근 시작해보겠다며 작은 회사를 직접 차렸는데 짧은 시간 동안 환경이 정반대로 바뀌어 괴로운 것처럼 보였다. 이럴 땐 어떤 위로의 말도 좋지만 함께 저녁을 먹는 게 더 좋을지 모른다는 게 내 생각이다. 작업실로 초대해서 저녁을 차려주었다. 그러다가 우연히 나온 이야기였다.

"만약 오늘 저녁에 죽는다면 마지막으로 어떤 음식을 먹고 싶어? 네 소울푸드가 뭐야?"

동생은 오징어볶음이 먹고 싶다고 했다. 어머니가 만들어주신 오징어볶음. 같이 있던 내 친구는 라멘이 먹고 싶다고 했고 난 제육볶음이라고 말했다가 김밥으로 바꿨다.

김밥. 나한텐 그게 소울푸드이자 슬픈 음식이었다. 어린 시절부터 먹지 않는 음식이 또렷했다. 특히 그중에 오이랑 김치는 아직도 못 먹는다. 요리를 좋아하지 않던 시절에는 몰랐는데 어느 정도 요리를 좋아하게 되면서 사람들을 종종 초대하기 시작했다. 그때마다 중요했던 건 작업실에 놀러오는 친구가 어떤 음식을 좋아하는지가 아니었다. 어떤 음식을 싫어하고 못 먹는지를 먼저 물어봐야 한다. 싫어하거나 못 먹는 음식만 피해도 요리의 절반은 성공한다.

요리를 하면서 느낀 건 같은 음식이지만 재료가 다르게 들어가는 음식이 생각보다 무척 번거롭다는 것이다. 누나는 오이를 좋아했고 나는 오이를 싫어했으니 엄마는 김밥을 쌀 때 따로 쌌어야 했을 것이다. 정갈하게 썰고는 도시락에 섞이지 않게 담고 그 통을 우리 가방에 바꿔 넣지 않도록 한 번 더 신경써야 한다는 사실을 그때는 몰랐다.

고등학생 때 아빠는 매일 저녁 김밥을 사 오셨다. 그건 내 간식도 아니고 아버지의 늦은 저녁도 아니었다. 다음날 내 아침이었다. 아침을 차려줄 여력은 되지 않았던 아버지가 아들을 굶기긴 싫어서 사 오시는 게 김밥이었다. 그걸 학교 가는 뒷길에서 먹거나 학교에 도착하자마자 친구들과 나눠 먹고는 했다. 수능을 볼 때는 아침 일찍 혼자 김밥을 사서

수험장으로 향했다. 몇 줄을 살까 하다가 배가 많이 고플지도 모르니 아버지가 준 용돈으로 네 줄이나 샀었다. 점심시간에 어디 놀러온 것처럼 도시락을 꺼내는 아이들 사이에서 혼자 검은 비닐을 안에서 김밥 네 줄을 꺼내 먹었던 기억이 있다.

김밥을 생각하면 지난 시간이 떠올라 어딘가 목이 멘다. 오랜만에 만난 친구들과 학창 시절 이야기를 하다가 한 명이 나에게 너 그때 왜 그렇게 아침마다 김밥을 자주 가져왔어? 라는 질문을 한 적이 있다. 아빠가 자주 사다줬다는 대답을 하면서 한마디 덧붙였다. 그땐 그게 내 아침이었어.

날이 좋아지면 김밥을 싸서 어딘가로 놀러가고 싶다. 함께 가기로 한 사람이 못 먹는 재료가 있다면 서로 다른 종류의 김밥을 싸고 싶다. 도시락통을 열었을 때 다른 종류의 김밥을 보면서 번거로웠겠다는 이야기를 해줄까. 돗자리에 앉아 김밥을 사이좋게 나눠 먹으며 김밥과 관련된 이야기를 해주고 싶다. 김밥에 관한 사연은 조금 재밌고 많이 슬프고 어쩌면 철학적일지도 모르겠지만 웃음은 끊이지 않을 것이다. 그건 어딘가로 떠났기 때문이거나 김밥이 맛있거나 함께하는 옆 사람 때문일지도 모른다. 아니면 그 시절을 부끄

러워하지 않고 한낱 소풍처럼 가볍게 말할 수 있게 된 단단

함 때문인지도 모른다.

내가 살던 동네

두근거렸다. 가까워질수록 조금 울고 싶었다. 거리가 줄어들면서 표지판에 불현듯 동네 이름이 보일 때면 핸들을 꺾고 싶었다. 열세 살까지 살던 동네를 찾아갔다. 돌아오면 반겨줄 사람이 있는 곳을 고향이라고 불러야 할 테니 고향이라고 하기에는 거리가 있지만, 고향 같은 곳이다. 근처로 놀러간 적은 많았어도 들러본 적은 없었다. 슬퍼서였다. 내 삶의 방향이 숙명처럼 확 바뀐 것도 그 동네가 시작이었다. 지금까지 쓴 글의 대부분이 그때 기억이다. 그 동네에 살면서 느끼고 그 동네에 살면서 나에게 일어났던 일을 조금씩 바스러트려 글에다가 뿌렸다. 더 미루다가는 영원히 가지 못할 것 같아서 계획한 여정이다.

별다른 계획은 없지만 두 가지는 중요하게 생각했다. 가서, 소주는 마시지 말자. 그 마을에서 멀어지고 사라진 게 한둘이 아니었다. 안 그래도 아픈 곳인데 괜히 술 마셔서 외로워지거나 슬퍼지지 말자는 생각이었다. 잠은, 그래도 괜찮은 곳에서 자자. 아무 곳에서 자다가 벽지에 붙은 외로움이라도 본다면 모든 걸 놓아버릴 것 같아서였다. 번듯한 숙소를 잡았다. 도착한 첫날은 어디에도 가지 않았다. 제법 어두워지고 있었으므로. 여행 첫날은 낯선 장소에 적응하는 게 제일 급한 일이다.

다음날, 아침 일찍 길을 나섰다. 내가 살던 곳은 숙소에서 멀지 않았다. 운전해봐야 십오 분 남짓. 도착했다는 안내 음성이 들렸는데 이곳이 맞는가 싶어서 한참을 두리번거렸다. 초입부터 내가 서 있는 곳까지 모든 곳이 낯설었다. 이런 동네에 살았던가. 뛰어놀던 거리는 어디지. 우리집 터가 있었던 곳은. 아무래도 내가 살던 마을까지 들어가야 조금은 기억이 날 것 같았다. 근처 식당에서 점심을 해결하고는 주인께 물었다.

혹시 근처에 제주도 마을이라고 불리던 곳이 있지 않나요? 제가 그곳에서 살았었거든요.

멀지 않다고 하셨다. 식당 근처를 돌아다녀보니 얼핏 기억나는 가게가 몇 개 있었다. 닭을 사러 들렀던 곳. 엄마가 예전에 식당을 하던 곳. 시월 이모가 일하던 가게가 있던 곳. 고기를 사러 가던 정육점. 오히려 식당에서 알려준 위치에는 익숙한 곳이 하나도 없었다. 지나가는 어르신께 다시 물었다.

혹시 여기가 제주도 마을인가요? 제가 이곳에서 살았었거든요.

이 근처가 제주도 마을이 맞다고 하셨다. 원래 강이 흘렀는데 그걸 메꿔서 마을이 됐다는 이야기까지 해주셨다. 아버지한테 들었던 이야기다. 살던 동네를 부지런히 뛰어다니다 강가로 향했다. 대부분의 시간을 물가에서 보냈기에 살았던 집만큼 강 역시 잘 지내고 있는지 궁금했다. 건널 때마다 무서워했던 도로를 건넜다. 그땐 건너려면 한참 걸렸었는데 이렇게 작은 길이었던가. 고작 왕복 이차선이었다니. 도시가 밝아진 만큼 물길은 앙상한 나뭇가지처럼 줄어들어 있었다. 내가 뛰어놀던 곳은 작은 댐으로 바뀌어 있었고 강 근처에는 철조망이 처져 있었다. 이젠 이 동네 아이들도 물가에서 고기를 잡으며 유년 시절을 보낼 수 없다니. 내가 기억하는 동네와 지금 이곳의 모습은 사뭇 달랐다.

강을 기준으로 마지막까지 살았던 집 위치를 더듬기 시작했다. 근처에는 작은 철공소가 들어와 있었다. 가정집도 몇 개쯤. 어릴 때 보던 살구나무는 한 그루도 보이지 않았다. 지천으로 널린 탓에 점심을 거르고 살구만 먹어도 배가 불렀었는데. 철공소 사람들과 대형마트 사람들은 알고 있을까. 그곳을 다 밀어버리고 살구나무를 한 그루만 심어도 금세 밭이 될 만큼 잘 자랄 거라는 걸. 추억은 추억으로 남겨 뒀어야 하나보다. 숙소로 돌아가는 길에 괜히 왔다는 생각을 했다.

다음날, 숙소 근처에 끼니를 때울 만한 식당이 없어서 다시 내가 살던 동네로 향했다. 산불 조심 기간과 전염병이 겹쳐 근처 가게들은 모두 휴식을 취하는 듯했다. 그곳 근처 식당에서 늦은 점심을 해결했다. 밥을 먹는데 하마터면 제가 여기 근처에 살았거든요, 라는 말을 뱉을 뻔했다. 차 안에 겉옷을 던져두었다. 내가 다녔던 초등학교까지 한번 걸어볼 마음이었다. 어제는 십칠 년 만에 온 것치고 너무 조금 걸은 것 같았다. 추억의 힘은 허망할 정도로 강하다. 걷기 시작하자 가족끼리 자주 갔던 계곡 앞 산장, 친구들하고 뛰어놀던 거리, 감자떡을 팔고 자전거 타기 좋았던 길까지 금세 모든 게 기억나기 시작했다.

비록 학교 앞 작은 문구점은 건강원으로 바뀌어 있지만 모든 게 그대로다. 한 학년에 반이 두 개씩 있던 것도, 두 개의 반이 꿈반과 별반으로 나뉘었다는 것도 교실을 기웃거리다가 떠올랐다. 학교 정문에서 바라보는 풍경은 감사할 정도로 아름다웠다. 이름 모를 산과 소양강으로 흐르는 강줄기. 곳곳에 피어 있는 벚꽃들. 도시에선 맡을 수 없었던 공기. 지금도 이렇게 도시 때가 덜 묻어 있는데 그땐 오죽했을까. 풀을 만지고 살구를 줍고 강아지를 쓰다듬다가 그림을 그릴 수밖에 없었던 동네. 좋은 곳에서 어린 시절을 보냈다는 생각이 들었다. 지금 글을 쓰며 사는 삶이 그리 염치없는 건 아니구나, 하는 생각.

마지막으로 들러볼 곳은 가족끼리 자주 가던 계곡 앞 산장이다. 외식하던 식당 몇 개가 기억났지만, 그중에서도 가장 가보고 싶었던 곳이다. 차를 타고 조금 가야 하는 거리에 있었기에 유독 특별한 날에만 갔던 기억이 있다. 여느 식당 중에서도 짙게 기억 남은 곳이다. 이름은 기억나지 않았다.

오로지 어린 시절에 갔던 그 기억으로만 찾아볼 생각이었다. 못 찾을 수도 있겠다 싶었는데 단번에 찾았다. 근처로 가면 갈수록 어찌나 생생히 기억나던지. 음식을 팔던 산장은 개인 주택으로 바뀌어 있었지만 평상을 그늘지게 해주던 큰 나무는 그대로 있었다. 비록 바로 앞에 흐르던 계곡물은 어린 시절보다 절반은 줄어들어 있었지만. 나무 아래를 멍하니 바라보니 평상을 오르고 내렸던 어린 시절의 내 모습이 보였다. 내 얼굴보다 큰 닭을 삶아서 들고 오시는 산장 아저씨도. 얼굴은 기억나지 않아도 친하게 지냈던 동네 사람의 온기까지도.

한참을 돌아다닌 탓에 숙소로 돌아가는 길에는 해가 지고 있었다. 국도가 아닌 샛길로 가고 싶어서 논 옆의 좁은 길을 택했다. 맑은 하늘에서 저무는 태양은 내가 가는 길을 모두 금빛으로 물들여주었다. 슬플까봐 소주도 마시지 않았는데. 숙소도 번듯한 곳으로 잡았는데. 마음 역시 노을처럼 노랗게 물들고 있었다. 마음 깊숙한 곳에서부터 따뜻한 온기가 내 등을 안아주는 것 같았다. 내 기억과 많이 달라서 괜히 왔다는 생각이 하루 만에 뒤집혔다. 슬플까봐 십칠 년 동안이나 미뤄왔던 곳이다. 갓 태어난 아이가 고등학교에 입학할 만큼 긴 시간 동안 미루고 미뤘던 곳이다. 꺼내

볼 용기가 없는 기억이 누구에게나 하나쯤은 있지 않은가. 이토록 화사한데 그동안 무엇을 망설였을까. 아픔은 마주한 순간 더는 아픔이 아닌데.

마을에서 가장 미인이었던 사람을 이제 그만 강물에 흘려보내주기로 한다. 잘 가, 엄마. 사람 열 명쯤은 거뜬히 가려주던 나무처럼 굳세고 나직했던 사람을 묻어두기로 한다. 잘 있어요, 아빠. 똑같은 윤곽과 질감을 가져 오래 슬프게 봤던 바위 하나를 산장 아래에 두기로 한다. 잘 있어, 누나. 사람은 무엇으로 사는가. 그 질문에 대한 답을 조금이나마 알 것 같다. 사랑받았던 추억과 사랑하는 마음으로 살아간다. 도시로 올라가면 조금 덜 울고 더 사랑해야겠다.

여기까지 올
마음이면 된 거야

걷는 사람

별 탈 없이 출간된다면 이번이 네번째 책이다. 운이 좋았다. 물론 운이라는 것이 내게 머물 수 있도록 노력해오기도 했다. 자신이 좋아하는 걸 찾는다는 것. 그게 직업이 될 때의 괴로움 역시 있지만 그래도 오래 사랑할 수 있는 일이 있다는 것. 내가 먼저 떠나지 않는 이상 글쓰기는 나를 떠나지 않는다. 모든 것을 고려해보면 나는 운이 좋은 사람이 맞다.

처음에는 글 쓰는 삶과 돈 버는 행위를 철저하게 구분해서 살았다. 물론 지금도 그러려고 애쓰고는 있지만 생각보다 잘되지 않는다. 좋아하다보면 시간을 많이 쓸 수밖에 없고 그 과정에서 삶과 일, 좋아하는 것과 직업의 경계가 무너지기 때문이다. 글을 쓰는 시간이 점점 늘어나면서 직업 아닌 직업이 됐다. 직업이 되고 나서 느꼈던 건 익숙함이었다. 첫 출근을 할 때 두근거리던 마음이 몇 년이 지나면 사라지는 것처럼 책상에 앉아 있고 사람과 자연을 보며 글감을 얻는 게 익숙해졌다.

한때는 글을 쓰면서 실제로 울었던 적도 많았다. 사람이 많은 곳이든 적은 곳이든 울면서 글을 썼다. 어느 날 책상에 앉아 글을 쓰다가 고개를 돌렸는데 유리창으로 내 모습이 보였다. 유리에 비친 모습은 완벽한 무표정이었다. 좋은 글을 쓰면 일어나서 손뼉을 쳤던 적도 있는데 한동안은 그런 일도 거의 없었다. 이번에는 특단의 조치가 필요했다. 글을 쓰는 나도 재밌으면서 전에 썼던 것과는 확연히 다른 책을 쓰고 싶었다.

원래 네번째 책은 처음부터 끝까지 이어지는 내용을 쓰려고 했었다. 소설이라고 하기에는 묘사가 부족하고 산문이라고 하기에는 호흡이 느린 책이었다. 한 번도 시도해보지 않았던 영역이라 대도시에 방 하나를 얻었다. 도시생활을 느껴보고 싶어서 퇴근시간에 맞춰 혼자 밥을 먹으며 드라마를 봤다. 한 계절이 지날 때까지 내가 쓰고 싶은 분야에 대해 공부까지 했지만 번번이 한계에 부딪혔다. 결국 책 방향이 완전히 바뀌었다. 당시에 글을 쓰면서도 마음에 들지 않은 게 가득했는데 아무리 읽고 고쳐도 나아지는 건 살짝이었다.

하나의 긴 이야기가 아닌, 내가 사랑하는 것들에 대한 이야기를 쓰는 것으로 책의 방향이 바뀌자 필요한 건 시간이었다. 충분한 시간을 확보하기 위해 어떤 경제활동도 하지 않고 작업에만 몰입했다. 창작하는 사람들은 삶의 궁핍이나 결점을 창작의 희열로 대체할 줄 안다. 나도 그런 감정을 물씬 느끼는 사람이지만 여유 있고 싶은 마음 역시 존재한다. 일찍 육체적으로 경제적으로 독립했던 사람이었기에 한 사람이 세상을 살아가는 데 얼마나 많은 돈이 필요한지 알고 있다. 필요한 양이 충족되지 않았을 때 삶이 얼마나 괴로워지는지도 알고 있다. 다 등지고 작업에만 몰입하는 건 쉬운 결정이 아니었다.

몇 달째 밥 먹는 시간이 아까워서 하루에 한 끼만 먹으며 작업을 하고 있다. 집이 아닌 곳에서 지낸 지도 오래됐다. 아침에 일어나서 아침에 잠들 때까지 온통 책 생각뿐이다. 이렇게까지 한 계절을 몰두해본 적은 없었다. 사랑한다고 말하면서 언제나 한쪽 발만 담그고 있었던 것이다. 시간과 공간이 사라진 듯한 생활을 하다보니 조금씩 보이기 시작한다. 내용이 처음부터 끝까지 이어지는 책이 왜 별로였는지. 내가 쓰는 글에 어떤 문제점이 있는지 아주 조금이나마 보이기 시작했다. 보이지 않던 것이 보인다는 것은 또다른 희망이다. 얼룩도 눈에 보여야 지울 수 있지 않은가.

책의 방향이 완전히 바뀌지 않았다면, 글 쓰는 게 괴롭지 않고 오직 즐겁기만 했다면 지금 느끼는 것을 느낄 수 있었을까. 가끔 차 지나가는 소리가 들리는 게 전부인 거실에 앉아 생각한다. 우리가 인생을 사는 것도 책 한 권을 쓰는 일과 별다르지 않을 것이다. 어떤 것을 가지거나 이뤄냈을 때 우리는 성숙해지지 않는다. 어떤 실패를 맛보거나 방향이 틀어졌을 때야 비로소 성숙해진다. 넘어져야 도로 옆 작은 흙밭에도 새싹이 있다는 것을 볼 수 있다. 가능한 한 자주 넘어지고 싶다. 그럴 때마다 좌절감에 무릎 꿇는 게 아니라 먼지 묻은 옷을 툴툴 털고 걸어갈 수 있는 사람이고 싶다.

희망의 흔적

제대로 된 창작을 시작한 건 음악을 배우면서부터였다. 작사를 하기 전에 내 생각을 한 장의 종이 위에 적는 게 작업의 시작이었다. 돌이켜보면 나는 어릴 때부터 무언가를 만들어내는 것에 흥미가 많았다. 만든다는 말로 부를 수 있는 모든 창작 활동은 다 좋아했다. 강 근처에 살 때는 굳이 물고기 잡는 도구를 직접 만들어보겠다며 밤새 낚싯줄과 바늘을 엮었던 적도 있었다. 물론 그걸로 한 마리도 낚지 못했지만.

국어 시간을 좋아했던 것도 그 이유였다. 읽고 쓸 수 있었으니까. 어쩌다 시를 배우고 쓰는 날이라도 있으면 그렇게 두근거렸다. 그것 역시 나에겐 무언가를 만들어내는 일이었으니까. 이름 모를 씨앗은 그렇게 자라고 있었다. 시간이 흐르면서 점점 취향은 확고해졌고 모든 아이들 꿈이 축구 선수라도 되는 것처럼 공을 찰 때 난 도서관에서 책을 읽었다. 언제나 차분해 보이던 사서 선생님과 넓은 창으로 포근하게 햇빛이 들어오는 도서관이 좋았다. 그렇다고 아이들과 잘 어울리지 못했던 건 아니다. 언제나 친구가 많았고 수업 시간에도 학교가 끝나고도 활발한 아이에 속했으니까.

고등학생 때는 시험 기간이면 주요 과목 외의 수업은 자율학습으로 대체됐다. 음악이나 미술. 체육 시간에는 영어나 수학을 공부해야 했다. 친구들이 다 수학 문제를 풀 때 난 그 문제지 뒷장에다가 내가 좋아하는 노랫말을 적었다. 어렴풋하게 외우고 있던 문장도 몇 줄 적었다. 난 그게 좋았다. 그렇게 성인이 된 어느 날 SNS에서 음악을 알려준다는 글을 보게 된 뒤로 창작자의 삶으로 접어든 것이다.

가사는 나름 잘 썼지만 노래는 못했기에 오랜 시간 동안 무명이었다. 음악을 알려주던 선생님과 저녁을 먹고 있었는데 이런 이야기가 나왔다. 너희 음악 그만두면 뭐할 거야?

옆에 있던 형은 아버지 가게를 물려받아서 운영하고 싶다고 했고 난 이렇게 말했다. 글 쓰고 싶어요. 말을 하고 나서 나도 놀랐다. 생각할 겨를도 없이 튀어나온 말이었으니까. 물론 물려받을 것은 아무것도 없었지만, 돈을 번다든가 다시 운동한다든가 인생을 낭비한다든가 다시 학교에 다닌다든가 하는 선택권이 많았음에도 불구하고 말이다.

시간이 흘러 내가 첫 책을 내게 됐을 때, 앞으로 어떤 글을 어떻게 써야 할까 고민 가득한 시기가 있었다. 그때 무작정 좋아하던 시인의 사인회를 간 적이 있었다. 책을 건네주는 게 어떻겠느냐는 친구들의 말에 내가 쓴 책도 전해드렸다. 글이 좋다고 해주셨다. 그 말을 떠올릴 때면 글 쓰는 게 두렵지 않다.

몇 년 뒤, 다시 또 글을 쓰는 게 과연 나에게 맞는 길인가 싶어 인도 여행을 떠난 적이 있었다. 이름도 기억나지 않는 곳을 다니다 가장 가고 싶었던 동네에서 며칠을 머물렀다. 바라나시라는 곳이었다. 삶과 죽음이 공존하는 곳. 갠지스강 바로 앞에 잡은 숙소 덕분에 매일 아침 해를 볼 수 있었던 곳. 아무리 술에 취해도 아침에 뜨는 해는 꼭 보게 만들 만큼 강렬하게 해가 뜨던 곳이었다.

며칠을 머물면서 친해진 인도 사람이 있었다. 여행을 다니면서 친해진 최초의 사람이었는데 동생이 식당을 한다는 말에 점심을 먹으러 갔다. 만나는 사람마다 다들 한국말을 너무 잘하길래 어떻게 그렇게 유창하냐고 물었더니 한국에서 어학당을 다녔단다. 한국 생활을 지원해준 사람이 있었는데 놀랍게도 내가 좋아하는 또다른 시인이셨다. 내가 밥을 먹는 자리에서 불과 사흘 전까지 식사를 하셨단다. 매년 다니러 오시는데 한 달쯤 계시다가 날씨가 슬슬 더워지는 탓에 시원한 북쪽으로 올라가셨단다.

난 그 시인이 머물렀던 자리에 앉아 점심을 먹었다. 그가 즐겨 먹었다던 음식을 시켜 쌀알을 몇 번 씹다가 속으로 물었다. 선생님도 이렇게 사는 게 막막했을 때가 있으셨나요? 그럴 때면 무엇으로 견디셨죠? 과연 제가 글 쓰며 살아갈 자격과 재능이 있는 걸까요? 밥그릇이 절반 정도 비었을 때 한 번도 뵌 적 없는 낯선 남자의 목소리가 들렸다.

여기까지 올 마음이면 된 거야.

난 그렇게 귓가에 들리던 말을 응원 삼아 몇 년을 버텼다.

생각해보면 그 두 번의 운명 아닌 운명은 나에게 희망이었다. 어떤 글을 어떻게 써야 할지 막막할 때, 다른 사람의 조언보다는 나보다 먼저 길을 걸어갔던 인생 선배의 조언이 필요할 때 마주친 희망의 흔적들. 다시 또 글 쓰는 데 무서운 마음이 조금씩 피어오르고 있다. 내가 내 삶을 사랑하는 한 끊임없이 답을 구하고 자신을 괴롭힐 것이다. 자신의 삶을 사랑하지 않는 사람은 고뇌하지 않지만 난 여전히 삶을 사랑하니까. 이제야 조금 안다. 끊임없이 삶의 의문을 던지는 사람들은 그만큼 잘 살고 싶어한다는 사실을. 묵묵히 나아가다보면 또 어떤 희망이 나를 맞이해주고 잠시 나를 안아주겠지. 분명 그럴 것이다. 지구가 움직이고 달이 떠 있는 한 파도는 영원한 것처럼. 내가 해야 할 일을 사랑하고 묵묵히 나아가다보면 희망은 언제나 우리 편이니까.

혼자가 아니야

불과 몇 달 전 일이다. 원고에 대한 불안과 집필에 대한 피로. 하고 싶은 일과 하고 싶은 일을 하기 위해 해야만 하는 일. 그 사이에서 몸부림치다가 몸이 완전히 망가진 적이 있었다. 환경을 바꾸면 더 좋은 글을 쓰지 않을까 싶어서 한 번도 지내본 적 없는 도시 한복판에 방을 구한 지 얼마 지나지 않아서였다. 온몸에 열이 나고 서 있을 수 없을 만큼 배가 당겨 병원에 갔더니 상태가 많이 안 좋아 보인다며 큰 병원으로 가라는 이야기를 들었다.

몸에 있는 모든 장기가 다 부었단다. 원인이야 여러 가지가 있겠지만 장기가 심하게 부어서 치료가 시급하다고 했다. 벌받는 거라는 생각이 들었다. 몸을 혹사한 대가. 차라리 힘들다고 울었어야 하는데 끼니도 거르며 아무도 없는 방안에서 소주를 따라 마신 죄. 통증이 심했던 이유는 모든 장기가 부으면서 맹장도 같이 부었기 때문에 그런 거였다. 무슨 돌기라고 했는데. 우리가 알고 있는 맹장을 떼어낸다는 건, 맹장 자체를 떼어내는 게 아니라 그 근처에 있는 돌기를 떼어내는 거라고 했다. 그쪽은 한번 부으면 방법이 별로 없단다. 바로 수술을 받아야 하는 게 맞지만 몸 상태도 워낙 안 좋고 다른 장기의 붓기가 가라앉다보면 혹시 그 부분도 가라앉을 수 있으니 며칠만 더 지켜보자고 했다. 난 그렇게 약봉지를 한 움큼 들고 제대로 걷지도 못한 채 혼자 집으로 돌아갔다.

나흘 동안 밥을 먹지도 글을 쓰지도 않고 잠만 잤다. 약 먹고 물 먹고, 다시 자고. 이것의 반복이었다. 기절하듯 자고 있었는데 낯선 남자들이 동네 떠나가라 내 이름을 부르길래 일층으로 내려가봤더니 온통 검은 옷을 입은 남자 네 명이 서 있었다. 나를 왜 찾느냐면서 다가가는데 아빠가 어디선가 뛰어나왔다.

나보고 얼른 집으로 들어가라고 여긴 아빠가 알아서 한다는 말에 집으로 들어갔다. 현실이라고 착각할 만큼 선명했는데 꿈이었다.

열은 점점 내리는가 싶었는데 배에 통증은 날이 갈수록 심해져서 아무래도 수술을 받아야 할 것 같았다. 월요일. 병원에 가기 전에 먼저 들른 곳은 은행이었다. 갑자기 집을 구한다고 목돈을 쓰기도 했고 친하게 지내던 사람이 돈이 필요하다는 말에 내가 가진 돈을 모두 다 빌려준 상태였다. 생활비 조금만 빼고. 다음달에 준다는 말을 믿었다. 당연히 그럴 사람이었으니까.

급한 일이 생겼다며 며칠 좀 빨리 줄 수 없냐고 말할 수 있었으나 그러지 않았다. 그런 말을 하는 것보다 카드를 만드는 게 더 마음 편했다. 빚지는 걸 싫어해서 한 번도 사용해본 적 없었던 신용카드를 그때 처음 만들었다. 얼마가 나올지 모를 수술비가 걱정돼서. 태어나서 처음 만든 신용카드를 한 손에 움켜쥐고 다른 손으로는 아픈 배를 움켜쥐고 택시에 올라탔다. 내가 보호자였고 내가 환자였다.

수술받으러 가는 택시 안에서 느꼈던 감정은 가난, 분노,

슬픔, 외로움, 고독 따위가 아니었다. 어차피 조금만 있으면 다시 여유가 생긴다는 생각 때문에 그랬는지도 모르겠지만 그때 들었던 생각은 좋아하는 노래의 한 구절이었다. '혼자 맹장 수술받으러 가던 그때 아픈 것보다 카드가 안 긁힐까 봐 더 두려웠었다.' 그 노랫말을 떠올리며 나도 이제 그런 문장을 쓸 수 있겠구나 하는 생각이 들었을 뿐이었다.

수술도 잘 끝나고 몸도 회복하고 다시 지갑도 두툼해졌을 때 이 이야기를 주변 사람들에게 꺼낸 적이 있다. 친구들은 지겹다며 진절머리를 쳤고 누나는 왜 자기한테 이야기하지 않았냐며 마음 아파했다. 넌 혼자가 아닌데 자꾸 혼자라고 생각하지 말라며. 힘들 땐 언제든 이야기하라는 말을 했지만 난 웃으며 이렇게 말할 뿐이었다.

그래도 남들이 쉽게 경험할 수 없는 걸 경험했으니 언젠가 다듬어 글로 쓸 수 있을 거야. 그러면 충분해.

사는 건 좋은 날보다 좋지 않은 날이 훨씬 많다. 행복과 웃음보단 아픔과 고통이 더 가득하다. 다행인 것은 글을 쓸 때만큼은 아픔이 아픔이 아니라는 사실이다. 보통이었으면 아프고 앓았을 일이 글 쓸 때만큼은 좋은 문장과 소재가 되어주니까. 여전히 아프고 외롭고 슬프지만 그래도 다행이다. 어딘가에 덜어낼 수 있으니.

읽고 쓰는 사람

오래전에는 기차역에 있는 간이서점이 붐볐단다. 기차를 타는 오랜 시간 동안 할 게 없으니 책을 읽는 사람이 많았단다. 요즘은 기차역 근처에서 서점을 본 적이 없다. 하긴, 아무리 먼 거리도 몇 시간 걸리지 않는 게 요즘인데. 그 짧은 시간 동안 잠깐이라도 눈 붙여야 할 만큼 많은 사람이 지쳐 있다는 것도 엄연한 사실이다.

그래도 다행인 건 여전히 읽고 쓰는 사람이 존재한다는 것이다. 자주 가는 카페를 가면 조명이 어둡든 밝든 책 읽는 사람들로 가득하다. 돈 안 된다는 이야기가 가득하지만 여전히 동네마다 독립서점이 하나씩은 존재한다. 어쩌다보니 글을 쓰며 살고 있지만 창작을 하기 이전에 나 역시 독자다. 사실, 책을 읽는 건 다른 것과는 다르게 참여가 중요한 영역이다. 귀기울여 들을 필요가 없는 배경음악 같은 것을 가구 음악이라고 부른다. 영상이나 음악을 그렇게 사용하는 사람은 있어도 글자를 그렇게 사용하는 사람은 없다. 한 글자, 한 글자 읽지 않으면 책은 나에게 먼저 다가오지 않는다.

표현의 방식도 밋밋하다. 영상이나 음악이 다채롭다면 책은 하얀 종이 위에 검은 글씨가 끝이다. 내가 책장을 열지 않으면 아무것도 읽을 수 없다는 것. 흰 종이 위에 검은 글씨가 전부라는 것. 이 두 가지가 만들어내는 아름다움이 있다. 며칠 전에 읽은 책에 아이가 세발자전거를 타고 지나가는 장면에 대한 묘사가 있었다. 만약 그게 영상이었다면 그냥 넘어갔을 것이다. 표현하고 싶은 사물이 눈에 그대로 보이기 때문에 별다른 상상을 하지 않는 것이다. 하지만 흰 종이 위에 검은 글씨로 세발자전거 타는 아이를 묘사하면 읽는 사람의 경험에 빗대어 세발자전거를 떠올린다. 우리가 어릴 때 한 번씩은 타봤던 자전거를 떠올리는 것이다. 바퀴가 세 개라는 건 똑같겠지만 모양과 색깔도 다르고 장소도 달랐기에 우리가 떠올리는 자전거는 모두 다르다. 그 현상은 단순히 거기에서 그치는 게 아니라 우리 내면에 있는 단단한 벽을 허무는 진동이 된다. 기억해? 너도 세발자전거를 타던 때가 있었어. 뒤에서 잡아주던 사람도.

　빠르게 흘러가는 시간 속에 언제나 잊히는 건 과거다. 적응하고 견뎌야만 살아갈 수 있는 상태에서 과거를 떠올릴 여유는 존재하지 않으니까. 삶이 자꾸 앞으로만 가거나 갑자기 정반대로 방향을 틀어 나를 아프게 할 때면 책을 읽는다. 밋밋하게 표현된 글자는 마음 깊숙이 자리잡은 기억을 깨워줄 것이다. 지나갔지만 진한 것들. 과거에도 아픈 일은 분명했겠지만 시간이라는 묘약이 그것을 감싼 이상 고통은 중화되고 추억은 더 진하게 남아 있을 것이다. 한 장, 한 장 종이를 넘기다보면 책은 어느새 나에게 속삭일 것이다. 네가 나에게 다가온 만큼 나도 한 가지 알려줄게. 넌 충분히 사랑하고 사랑받으며 살았어. 아름다워.

묵호

우연히 들었던 이름이었다. 책에서 본 적도 노래로 들어본 적도 있었다. 한 사람이 다녀왔었다는 이야기도 얼핏. 어떤 나라보다 가보고 싶은 동네였다. 묵호에 가는 길은 만만치 않다. 운전을 좋아하지 않는 나 같은 사람이 운전해서 갈 수 있는 거리는 도저히 아니었고 기차로도 한나절은 가야했다. 그곳에 가기 위해 기차표를 알아보다가 알게 된 사실이 있었다. 밤 열한시에 출발해 새벽 다섯시쯤 도착하는 기차가 있는데 그 표만 유독 매진된다는 사실이다. 나처럼 바다를 보고 싶어하는 사람과 낭만적으로 사는 사람이 많다는 사실이 새삼스러웠다.

동료이자 친구인 한 사람과 같이 떠났다. 내 삶은 엉망이라고 생각했는데 그래도 바다가 보고 싶을 땐 이렇게 떠날 수 있다는 사실이 조금은 위로가 되던 여정이었다. 묵호에 도착한 시간은 새벽 다섯시쯤. 숙소도 정하지 않고 무작정 떠난 거였기에 잘 곳을 구하는 게 급선무였다. 건물도 한산했고 사람도 없었으며 오직 맑은 공기만 우리를 반겨주던 시간이었다. 어디로 갈까 싶다가 그래도 바닷가 마을이니 바다 쪽으로 걸으면 어디든 나오지 않을까 해서 무작정 걷기 시작했다. 바다 앞에 보이는 사만 원짜리 숙소를 잡고 방바닥에 앉아 소주를 마셨다.

다음날, 오후에 일어나 글 쓰러 가자며 밖으로 나가 바다 사진만 연신 찍는 게 전부였다. 온통 푸른빛이었으니 무엇을 해도 괜찮았다. 어디서 점심을 먹을까 하다가 유명한 곳이라며 소개받은 몇 곳이 기억났다. 근처까지 걸어가고 있었는데 낡은 간판의 가게가 왠지 맛있어 보여서 방향을 틀었다. 간판도 제대로 없는 곳에서 점심을 먹었다. 그뒤로는 누군가 알려준 곳을 가기보단 우리가 가고 싶은 곳에 머물렀다. 심지어 특정 장소가 아니라 어떤 길 위였던 적도 있었다.

생각해보면 남들이 좋다고 해서 기준도 없이 따라 좋아했던 적도 있었다. 좋다니까 좋아했고 싫다니까 싫어했었다. 이제는 누군가의 의견보다는 내 취향대로 삶을 살아가는 경우가 많아지고 있다. 사만 원 짜리 방과 소주. 간판도 온전하지 않던 칼국숫집. 시내처럼 보이던 곳보단 생선이 널려 있던 거리에 더 오래 있었으니까. 묵호가 가장 그랬다. 이제야 내가 무엇을 좋아하고 싫어하는지 조금이라도 알 것 같았다. 집은 없어도 취향은 있는 사람으로 살고 있었는데 제법 잘 살고 있는 것 같다. 나이가 든다는 건 취향이 확고해진다는 것이다. 단단해진 취향은 흔들리는 삶을 곧게 잡아줄 것이다. 내가 좋아하는 것과 싫어하는 것을 명확히 구분할 수 있을 때 사는 건 더 재밌어진다.

영원한 마음

"운동할 때도 데미안 라이스 노래 듣는 거 아니지?"

같이 음악을 자주 들었던 친구에게 온 문자였다. 운동하고 있을 때였는데 워낙 조용한 노래를 많이 들으니 운동을 하면서도 그런 노래를 듣는지 반농담식으로 물어보는 거다. 여러 장르의 음악을 듣지만 그 속에서도 순위를 나누라면 기타보단 피아노가 좋고 얇은 목소리보단 갈라지는 목소리가 좋다. 더 슬프게 들리기 때문.

데미안 라이스는 좋아하는 가수 중에 하나라서 자주 이야기하는 편이다. 최근에는 커런트 조이라는 가수에 푹 빠져 있다. 우연히 알게 됐는데 우리나라 플랫폼으로는 그의 음악을 거의 들을 수가 없어서 찾고 또 찾아 들어야 한다. 내가 좋아하는 가수들은 두 가지 공통점이 있다. 대부분 남자이고 갈라지는 목소리를 가졌다는 것. 내가 이루지 못한 삶을 사는 사람들을 보며 대리만족을 느끼고 싶어하는 마음이 투영된 결과라고 볼 수 있다. 단순히 노래를 듣는 것보다 노래 부르는 영상을 더 오래 보고 있곤 한다. 계속 듣다 보면 나에게도 언젠가 저런 날이 오지 않을까 하는 생각을 나도 모르게 하고 있다.

또다른 공통점은 뮤즈다. 그 사람들이 만든 노래는 마치 한 사람을 잊지 못하는 것처럼 느껴진다. 가사를 해석해보지 않아 정확히는 모르겠지만. 선입견 없이 오로지 감정만 느끼며 흡수한 결과는 그랬다. 이 사람들 누군가를 잊지 못하는 노래를 만드네. 노래는 다 다른데 대상은 하나인 것 같아. 슬픔에 저항하고자 목소리를 높였던, 오랜 시간 동안 한 사람을 생각하며 글을 쓴 나한테는 그렇게 들렸다.

영원히 사라지지 않는 그리움을 주변에서 목격한 적이 많다. 벽에 낙서가 가득한 식당에서 유독 눈이 들어오는 이름 하나가 있었다. 보고 싶다는 말과 함께 어떤 사람의 이름이 쓰여 있었는데 아래에는 날짜가 적혀 있었다. 여기저기 낙서를 피해 잘 보이는 곳에 한 사람의 이름이 여러 번 적혀 있었다. 밑에 적힌 날짜는 내가 그 식당을 찾기 불과 몇 주 전까지 이어졌다.

글쓰기 수업을 할 때도 마찬가지였다. 생각보다 한 사람의 이야기로 몇 편씩 글을 쓰는 사람이 많았다. 과연 내가 읽을 자격이 있을까 싶을 정도로 절절한 글들.

전시회에서 이어진 인연으로 글쓰기 수업까지 함께한 사람이 있었다. 처음 만났을 때도 수줍음 가득하셨는데 마지막 만남까지도 연신 낯을 가리던 분이셨다. 수줍음 많고 낯 가리는 사람은 그만큼 어느 하나에 집중할 거라는 내 생각과 일치하는 분이었다. 내가 그분의 글을 읽은 건 이십 편 가까이 된다. 딱 한 편을 제외하고 나머지 글 모두가 한 사람에 대한 이야기였다. 심지어 다른 주제로 쓴 글 한 편조차도 내가 다른 이야기를 써보면 어떻겠냐고 넌지시 말했기 때문이었다. 몇 개월 동안 한 사람에 대해 쓰는 묵직함이 궁금해 언젠가 물었던 적이 있다. 혹시 그분과 아직도 연락을 하고 있냐고. 그렇지 않다는 대답이 돌아왔다. 심지어 그분과의 마음 저린 이야기들은 몇 년 전에 있었던 일이란다.

그때부터 지금까지 여전히 그리워하시는 거예요? 라는 말은 차마 하지 않았다. 묻지 않아도 알 수 있었으니. 지금까지 쓴 사랑에 대한 글이 한 사람에게 배운 거라면 사람들은 믿어줄까. 다시 한 사람으로 인해 울고 웃을 수 있을까 싶을 때면 그분이 쓴 글이 떠오른다.

우리 마지막 연락을 주고받을 때 내가 했던 말 기억나?

네가 살아가면서 언젠가 힘든 일이 있거나 내가 필요해지면 연락하라고 했잖아.

빈말 아니야.

내가 필요하다면 언제든지 쓰고 버려도 좋아.

세상은 이토록 변덕스러운데 보이지 않는 곳에는 여전한 마음이 존재한다.

오해

오해했던 게 있었어요. 무조건 바쁘게 지내고 치열하게 사는 게 잘 사는 건 줄 알았던 시절이 있었죠. 아침 일찍 나가서 아침에 가까운 새벽에나 집에 돌아오는 경우가 많았죠. 주차장에는 항상 자동차들이 가득차 있었습니다. 몇 바퀴를 돌아다녀야 겨우 한 자리 찾을 수 있을 만큼이요. 늦은 시간에 들어가서 아침 일찍 나왔으니까요. 그럴 때면 내심 뿌듯해하고는 했어요. 내가 정말 치열하게 살고 있구나. 남들보다 더 노력하고 있구나.

해결해야 하는 어떤 일이 생겼을 때 망설이거나 누군가와 그 문제에 대해 이야기 나누는 사람들이 있어요. 저는 그런 시간을 가져본 적이 거의 없습니다. 망설이기보다는 하루빨리 해결하려고 했죠. 누군가와 상의하기보다는 스스로 결정하는 편이었어요. 그럴 때면 독립적으로 잘 지내고 있다고 생각했었습니다. 근데 그게 아니더라고요.

집으로 들어가는 길에 좌회전 신호에 항상 걸리는 곳이 있어요. 아무도 없는 도로에서 신호를 기다릴 때면 아무나 붙잡고 울고 싶더라고요. 대부분의 집이 불 꺼진 시간에 혼자 늦은 저녁을 꾸역꾸역 차려 먹고 있을 때면 혼자 음식 씹는 소리가 얼마나 외롭게 들리던지요. 네, 그래요. 저는 힘들다며 기대는 방법을 모르는 사람이었어요. 치열하게 사는 게 잘 사는 건 줄 알고 있었던 사람인 거죠. 참았던 거예요. 제가 처한 현실이나 제가 가진 외로움을 실제로 마주할 두려움이 없어서 잘 살고 있다고 위장한 거죠.

한 사람이 생각나네요. 혼자 십 년 가까이 자취를 했던 사람인데 혼자 사는 게 그렇게 좋다고 했어요. 자유롭고 또 자유롭다고요. 그러던 어느 저녁이었어요. 유독 하루가 힘들어서 얼른 집으로 가고 싶었던 날이었대요. 부서질 듯한 몸을 이끌고 집에 도착해서 씻으려고 물을 틀었는데 글쎄 갑자기 녹물이 나오더라는 거예요. 낮에 공사했었다네요. 그럴 수도 있는 일이잖아요. 잠깐 틀어놓으면 어차피 깨끗한 물이 나올 텐데요. 근데 그날따라 수도꼭지에서 녹물이 떨어지는 게 그토록 슬퍼서 욕실에 주저앉아 울었다네요. 무엇이 그 사람을 그렇게 슬프게 했던 걸까요. 참았던 외로움일까요. 힘든 일상이었을까요. 아무래도 무언가를 참으며 사는 사람들은 사소한 것에서 터지는 것 같습니다.

아홉수

아홉수라는 말을 절반 정도는 믿고 절반은 믿지 않는다. 그때는 이사나 결혼처럼 중요한 일을 행해서는 안 된다는 이야기가 있다. 나로서는 완벽하게 무시할 수만은 없는 이유가 있는데 생각해보면 정말 그때 괴로운 일이 많이 일어났다. 나의 열아홉과 스물아홉은 지독했다. 아버지가 아프기 시작하신 것도 열아홉에서 스무 살이 되던 해였다.

스물아홉에는 어찌나 일이 많던지. 변호사 사무실과 경찰서를 드나들었다. 스트레스를 너무 많이 받은 탓에 운전하다가 갑자기 핸들을 꺾어버리고 싶은 충동이 격하게 들어서 병원을 찾은 적도 있었다. 의사는 스트레스에 대처하는 방식이라고 말했다. 인간은 자신이 견딜 수 있는 수준 이상의 스트레스를 받으면 충동적인 게 많아진단다. 갑자기 머리를 자르고 갑자기 떠나는 것도 다 스트레스에 대처하는 자세란다. 정말 힘들 때 딱 세 번만 약을 먹자고 마음 먹고 미친듯이 운동했다. 좀 괜찮아지나 싶었는데 겨울에는 또 큰일이 하나 생기는 바람에 오랫동안 준비하고 기대했던 일이 물거품처럼 사라졌다. 다시 생각하기 싫은 순간들이다.

작년에 지인 하나가 상담 아닌 상담을 요청했다. 이야기를 들어보니 회사도 마음대로 안 흘러가고 오래 만나던 연인과 헤어졌다는 이야기였다. 같이 있던 팀원들 대부분이 이직했으며 최근엔 건강도 안 좋아지고 있다고 했다. 이야기가 끝나갈 때쯤 아홉수인가봐요, 라는 말을 더했다. 원래 나이를 신경쓰지 않는 성격이라 그분이 스물아홉이었다는 걸 그때 알았다. 꼭 아홉이기 때문에 일어나는 일인 건지는 모르겠으나 확실한 건 힘든 일이 몰려올 때가 있다는 것이다.

어릴 때 보던 〈은하철도 999〉라는 만화가 있다. 기계 인간이 되려는 철이와 묘령의 여인인 메텔이 우주 공간을 달리는 열차를 타고, 그 안에서 일어나는 일을 그린 작품이다. 지금 떠올려보면 그 만화는 유독 우울했었다. 아이들보다는 어른을 위한 만화처럼 이해할 수 없는 분위기가 물씬 풍기던 만화였다. 〈은하철도 999〉에서 999는 아직 미완성의 의미를 담는다고 작가가 말한 적이 있었다. 하나만 더하면 1000이라는 숫자가 되지만 그 하나가 더해지지 않아서 미완성인 것. 그리하여 떠나고 마주하면서 1000이 되려고 하는 것. 실제로 〈은하철도 999〉의 마지막 내레이션은 이렇다. "그리고 소년은 어른이 되었다."

어쩌면 누구에게나 힘든 시기가 있다는 것을 9라는 숫자로 미리 알려주는 건지도 모른다. 아니면 우리에게 일어나는 많은 사건에 대한 이유가 필요해서 아홉수라는 말로 치부하는 건지도.

꿈

Let It Be. 흘러가는 대로 놔두라. 순리에 맡기라는 뜻의
비틀스 노래다. 비틀스 멤버인 폴 매카트니는 꿈을 꿨다. 멀
리 떠난 어머니가 꿈에 나오는. 꿈에 나타난 어머니는 말씀
하셨다. 모든 것을 받아들여. 순리에 맡겨야 해. 그 꿈이 노
래로 만들어졌다는 일화는 유명하다. 내가 좋아하는 외국
작가는 일어나자마자 노트를 편단다. 눈 뜨자마자 제일 먼
저 하는 일은 전날 꾼 꿈을 기록하는 것이다. 꿈에서 가장
많은 영감을 받는다면서.

언젠가부터 꿈을 꾸는 일이 줄어들었다. 현실이 괴팍해서인지 내가 메말라가는 건지 모르겠지만. 몇 번 꾼 적이 없으니 최근 몇 년 동안의 꿈은 다 기억난다. 작년에는 태몽을 대신 꿨다. 어떤 강가에서 낚시하다가 큰 물고기를 잡는 꿈이었다. 별다를 것 없는 낚시였는데 물고기는 내가 생각한 것보다 너무 컸고 알 수 없는 기운으로 기분좋아지던 꿈이었다. 보통 꿈처럼 잊고 지내다가 갑자기 혹시 이게 태몽이 아닐까 싶어서 누나에게 연락했다. 누나는 내가 꾼 꿈이 태몽일 거라는 이야기를 했었다.

원고를 마감하고 아침 아홉시에 잠들었던 해에도 꿈을 꿨다. 원고를 마감하면 대부분의 일이 끝났을 거라고 생각하지만 사실은 그때부터 시작이다. 작업물을 만드는 것도 피를 말리지만 작업물을 세상에 알리는 게 훨씬 어렵다. 여럿에게 닿았으면 좋겠다는 창작자의 당위성과 어쩌면 욕심이 과해진 걸까 싶은 불편함 사이를 헤매다 잠자리에 들었을 때 당신이 나타났다.

예전에는 아무 말 없이 내 옆을 같이 걸어주기만 해서 이런 글을 쓴 적이 있었다.

회색빛 거리

한쪽으로 난 좁은 길 위에
당신이 나타나주었습니다

아무 말 없이 걷기만 하길래
꿈인 걸 알았습니다

왼손으로 당신 손을 꽉 쥐었고
오른손으로는 제 뺨을 닦았습니다

아침 꿈에서는 태백에 여행 갈 때처럼 무성한 숲을 배경으로 같이 버스에 타 있었다. 내가 좋아하는 맨 뒷자리 바로 앞에 앉아서 나를 보며 웃어주고 있었다. 모든 고통을 잊을 정도로 예쁜 미소로. 며칠 전에는 어느 방향으로 넘어지는 게 나을까 고민하다 술 앞으로 자주 넘어졌던 시기가 있었다. 마침내 몸이 고장났는지 종일 누워만 있었다. 무언가를 이기지 못하는 듯이 잠에 빠졌는데 그때도 꿈을 꾸었다. 나를 많이 응원해주던 사람과 결혼식을 하는. 저녁 한 번 먹으러 집에 들른 것인데 그게 결혼식까지 이어져서 당시 내가 머물고 있던 마을에 잔치가 열리는 꿈이었다. 꿈에서 깨어났을 땐 식은땀이 흥건했고 저녁에는 속을 몇 번 더 게워냈다. 다음날 언제 아팠냐는 듯이 말끔하게 나았던 기억이 있다.

생각해보면 아플 때 꿈을 꿨다. 환절기처럼 앓거나 어떤 갈증 때문에 마음이 굳어버릴 때. 어딘가 다친 것 같은데 붕대를 마음에 감아야 하는 것인지 몸에 감아야 하는 것인지 도저히 모르겠을 때. 아파야만 꿈을 꾼다는 게 이기적이라는 생각이 들다가도 아플 때 나를 마중나와주는 사람이 있다는 건 내심 고맙다. 꿈에서라도 만날 수 있다면 아픈 것도 나쁘지 않겠다. 누군가 몸서리치게 아팠을 때 꿈에 내가 나타난 적이 있었을까. 나도 좋은 기억이었을까.

아쉬운 사랑

사람에 대한 호기심이 가득찰 때가 있다. 무엇을 하면서 지내는지 어떤 생각을 하는지 고민은 무엇인지. 보통 그런 생각이 들 때는 혼자 지내는 시간이 길어졌을 때다. 사람과 동떨어져서 지내다보면 사람이 제일 궁금해진다. 여기서 말하는 사람이란 나와 다른 생활을 하는 사람을 말한다. 비슷한 삶은 사는 사람들과는 하는 얘기가 매번 똑같다.

어때 글은 잘 써져? 책은 좀 나갔고?

운이 좋게 여러 사람의 이야기를 들어볼 기회가 있었다.

벅스에서 뮤직캐스트 디제이를 할 때였다. 고민을 남겨주면 짤막한 생각과 함께 노래를 추천해주는 방송이었다. 대부분이 얼굴 한 번 보지 못한 사람들이었다. 나는 진짜 고민을 털어놓고 싶을 땐 어느 정도 거리가 있는 사람에게 말하는 경우가 있다. 객관적으로 들어줄 수도 있고 나를 잘 알지 못한다는 마음에 편히 말할 수 있기 때문이다.

나를 그렇게 생각해서였을까. 생각보다 솔직한 고민이 많았다. 여러 사연 중에 자주 겹치는 이야기가 있었는데 헤어진 연인과 재회하는 것에 대해 어떻게 생각하느냐는 질문이었다. 매번 같은 대답을 했다. 도덕적으로 벗어나지 않는 선에서 마음이 남아 있다면 할 수 있는 건 다 해보라고. 정도가 지나칠 정도로 찾아가고 전화하는 건 몹쓸 일이지만 그러지 않은 선에서는 울어도 보고 매달려도 보고 시간도 줘보고 할 수 있는 건 다 해보라고 했다.

나한테 고민을 털어놓는다는 것 자체가 아직은 마음이 남은 상태라고 생각했다. 사랑을 시작하고 싶다고 사랑이 시작되는 게 아닌 것처럼 마음을 접는 것 또한 다짐만으로는 이루어지지 않는다. 아직 미련이 남았다는 건 모든 게 소멸하지 않았다는 것이다. 헤어진 연인과 재회하면 같은 이유로 헤어진다는 말이 많지만 그렇지 않은 경우도 있다. 나 역시 헤어진 연인과 다시 만나서 잘 지냈던 적도 있었고 비슷한 이유로 다시 멀어진 적도 있었다. 사랑은 수학이 아니다. 일정한 값이 나오는 영역이 아니기 때문에 사랑의 끝은 아무도 알 수 없다.

지난 사랑을 모두 돌아봤을 때 여전히 아쉬운 사랑은 눈부시게 아름다웠던 사랑이 아니다. 치열하게 다투며 사랑했던 사이도, 내게 무언가를 잔뜩 준 사람도 아니다. 같은 상처를 버리러 여행을 떠나자고 해놓고 떠나지 못했던 사이다. 사랑 안에서 후회는 썩는다. 썩은 후회는 점점 덩어리가 커진다. 후회만큼 사랑을 아프게 하는 것도 미련 남게 하는 것도 없다. 살아 있는 줄기는 꺾기 힘들지만 이미 말라버린 가지는 쉽게 부서지는 법. 마음을 다 쏟고 나면 관계가 다시 깊어지든 정리가 되든 선명해질 것이다. 이별 앞에서는 가져가야 할 것도 버릴 것도 없어야 한다.

이사

이사를 자주 다녔다. 동네에서 동네로 이사를 한 적도 완전히 다른 지역에서 살게 된 적도 있었다. 집이 자주 바뀌다 보면 어떤 집에서 언제 살았는지 헷갈린다. 집의 순서나 크기는 어렴풋하지만 이사를 생각하면 언제나 두 가지가 떠오른다. 거짓말과 허무.

차멀미가 유독 심한 나에게 이사는 힘든 일이었다. 그럴 때마다 부모님은 매번 거짓말을 하셨다. 십 분만 더 가면 나와. 십 분만 더 가면 도착해. 십 분이 몇 시간이 됐던 적이 많았지만 늘 대답은 한결같았다. 조금만 더 가면 돼.

그다음에 느낀 감정은 허무함이었다. 가장 선명하게 기억나는 이사는 강원도에서 김포로 올라왔던 열세 살 때다. 용달차를 타고 얼마나 달렸을까. 지금 생각해도 괴로울 정도로 오랜 시간이었다. 함께 다니던 친구들과 하루아침에 멀어진다는 슬픔조차 잊게 할 만큼 길고 길었던 거리. 이름 모를 동네에 도착했을 때 아버진 용달차에서 내려 붉은 벽돌로 된 좋은 집으로 향하셨다. 그리고 공손하게 문을 두드리시고는 작은 열쇠 하나를 받아오셨다. 벽돌집은 주인집이었고 그 옆에 세월이 고스란히 느껴지는 집이 있었다. 우리집이었다.

잘 알진 못해도 피부로는 느끼고 있었다. 우리집은 여유가 없다는 사실을. 조금 더 나은 집으로 갈 거라는 기대와 현실이 한순간에 뒤섞일 때면 허무함이 느껴졌다. 그뒤로도 비슷했다. 그 집에서 다른 집으로 이사했을 때 나는 학교에 가는 바람에 저녁이 다 돼서야 이사한 집으로 갈 수 있었다. 어느 집인지 모르니 누나가 마중을 나왔었다. 어떤 언덕 끝에서 기다리고 있던 누나와 처음 가는 길을 걸었다.

그 길이 끝나는 곳에 작은 상회가 하나 있었다. 그 상회 뒤로는 좋아 보이는 집들이 마을을 이루고 살고 있었다. 난 또 그 짧은 사이에 저 집들 중 하나가 우리집일지도 모른다는 생각에 설렜지만 기대는 언제나 실망으로 돌아왔다. 좋아 보이는 집 오른쪽에 난 샛길을 따라 들어가야 우리집이 나왔다. 외관도 없는 지하였다.

그렇게 조금씩 공간에 대한 열망이 생겼다. 맹목적으로 아름다운 공간을 찾아 떠나기 시작했다. 나만의 공간을 마련하고 싶다거나 아름다운 공간을 보면 부러워하다가 이내 나도 갖고 싶어지는, 그런 버릇이 생긴 것도 그 때문일 것이다. 여행을 갈 때도 관광지는 하나도 가지 않지만 숙소만큼은 신중하게 고르는 이유도 그 탓일 것이다.

어릴 때 그토록 살고 싶었던 붉은 벽돌로 된 집에 지금 살게 된다면 난 행복할까. 그보다 더 화려하고 좋은 집에 살게 된다면 어떤 만족을 느낄까. 쉽게 대답할 수가 없다. 살고 싶은 집은 그토록 많지만 실제로는 아무 곳에서도 머물고 싶지 않다. 어느 곳에 있어도 별로 행복하지 않을 것 같아서다. 좋은 집을 꿈꾸던 그때 내 곁에 있던 것들이 지금은 내 곁에 없다.

여행이라는 신호

여행의 사전적 정의는 일이나 유람을 목적으로 다른 고장이나 외국에 가는 일을 뜻한다. 기준에 부합하면서 기억 속에 존재하는 첫 여행은 초등학생 때였다. 어머니랑 아버지랑 다툰 것 같은 날이었다. 어머니는 무슨 일이 있는 것처럼 자주 술에 취하셨고 아버지는 그 모습이 못마땅하다는 듯 다투셨던 기억이 있다. 아버진 누나와 나를 데리고 집에서 조금 떨어진 동네의 강가로 향하셨다. 온통 통나무로 지어진 민박집에서 며칠을 머물렀다. 어머니가 해준 것과는 다르게 어딘가 어설픈 저녁의 나날이었다. 사흘 정도 머물렀을까. 꿈에 귀신이 나올 것 같던 그곳도 익숙해질 무렵 집으로 돌아갔다. 어렴풋이 나는 기억이지만 그때 집으로 돌아가는 길이 낯설게 느껴졌던 기억이 있다. 집으로 돌아온 누나와 나를 엄마는 어딘가 미안한 모습으로 맞이해주셨다.

그다음 기억은 여행이라고 하긴 그렇지만 어느 토요일이었다. 내가 다니던 학교는 시골이었기에 아이들이 많지 않았다. 수업을 듣고 있었는데 일 교시를 마치고 쉬는 시간이 되자마자 친구 둘과 함께 학교에서 도망쳤다. 이학년인가 삼학년이었을 것이다. 이유는 아직도 알 수가 없다. 어차피 몇 시간 있지 않으면 학교가 끝날 텐데 하면서 우린 무엇에 이끌린 듯이 학교를 뛰쳐나왔다. 그때 처음 알았다. 오전의 햇빛이 오후보다 더 강렬하다는 것을. 온몸으로 느껴지는 자유가 이런 거라는 걸. 두근거렸고 피가 끓었다. 그렇게 도망치듯 학교에서 뛰어나와 한 일이라곤 고작 친구네 집에 가는 것이었다. 친구네 집에서 햇살을 맞으며 자유를 느끼고 있을 때 당시 군인이셨던 친구네 아버지가 문을 쾅 열고 들어오셨다. 우린 죄를 지은 사람들처럼 군인 차에 올라타서는 학교로 끌려갔다.

아이 셋이, 그것도 수업을 듣다가 사라졌으니 학교는 발칵 뒤집혀 있었다. 부모님들은 이미 학교에 와 있었고 경찰도 두 명 있었다. 그제야 큰 잘못을 했다고 느꼈지만 다시 또 햇살을 향해 달려나가고 싶은 충동은 쉽게 사그라지지 않았다. 내가 선택한 자발적 첫 여행이었다. 어딘가에 끌려서 떠나버렸던 첫 기억.

그뒤로는 떠난다는 것에 대한 별다른 열망 없이 살았다. 그후의 인생은 견디고 버티는 것이 대부분이었다. 오늘 하루치 일을 하고 나면 다음에 해야 할 일을 준비하는 데 모든 것을 다 사용했다. 그런 환경 속에서는 어딘가로 떠나야겠단 생각조차 들지 않았다. 눈앞에 있는 것을 치우고 또 치우는 데 열중했을 뿐이다. 그러다 내게 조금의 여유가 생겼을 때, 다시 떠나고 싶다는 열망이 들끓었다. 그때 시작한 여행에서부터 달라진 게 있다. 그후로 난 대부분의 여행을 커피를 마시러 멀리 간다는 생각으로 떠난다.

어떤 나라, 어떤 마을에서 유명하다고 하는 음식은 먹지 않은 적이 많지만 가보고 싶었던 카페는 꼭 가는 편이다. 마셔보고 싶은 메뉴가 있으면 전부 맛볼 때까지 한곳에 몇 번씩 간 적도 있다. 지금 기억나는 곳만 해도 몇 곳 있다. 화려한 도시 분위기 속에 백 년이나 유지된 카페. 그 카페가 특이했던 건 몇십 년 전에 볶은 원두를 묵혀뒀다가 내려주는 것이었다. 눈이 많이 오는 마을에 강배전 커피를 잘하는 곳. 제주 선흘리에 내 친구를 쏙 닮은 분이 사장님으로 계시는 곳. 공간이 넓은 편은 아니라 손님이 몰리면 들어온 순서대로 눈치껏 나가주는 멋진 곳. 일상으로 돌아가야 할 때면 여행지에서 다녔던 카페 중에 제일 좋았던 곳에서 원두를 사가고는 했다. 여행이 길어지는 기분이었다.

소란스러운 일이 정리되고 여유가 생기면 다시 카페를 하고 싶다. 사람이 많이 오는 곳보다는 적당한 곳을 갖고 싶다. 내가 푹 빠진 동네면 좋겠다. 바닷가 근처보다는 산에 가까운 곳이 좋겠다. 바닷가 근처의 카페보다는 산 근처 카페가 더 귀할 테니까. 나처럼 커피를 마시러 여행을 떠나는 사람들이 들리기 좋은 곳. 여행과 일상의 경계선인 곳. 좋아하는 것들로만 가득 채운 산 근처에서 고래가 되는 꿈을 꾸어도 좋겠다. 그곳에서 내리는 커피는 여행처럼 새롭지만 일상처럼 텁텁한 맛이었으면 한다.

Flight No. NHE7IO

오랜 계획이었다. 프랑스로 떠나는 것은. 그곳이 비록 중국 사람이 많고 지하철이 더럽다고 볼멘소리가 나올지언정 가고 싶은 곳이었다. 내가 가보지 못한 나라를 다녀온 사람을 만났을 때 마치 무슨 권력이라도 가진 듯 거기는 별로던데, 여기가 좋아, 라는 식의 조언을 하는 사람을 몹시 싫어한다. 지금 거기 추워, 네가 가면 좋아할 만한 곳이 있어, 라는 식의 말을 해주는 사람을 곁에 두고 싶어한다. 한곳에 빠지면 그 나라에만 가는 나한테는 또다른 낭만이었다. 남들에게는 금방 돌아올 거라고 말했지만 사실은 할 수 있는 한

최대로 머무르는 상상을 했다. 어릴 때 못해본 공부도 그곳에서 실컷 하고 싶었다. 영화 시나리오나 드라마 대본. 로맨스 소설처럼 처음부터 끝까지 이어지는 것들을. 머물 수 있는 만큼 머물다 떠나야 하면 옆 나라로 떠나고 그렇게 집도 가족도 없다는 듯 살다가 어느 공원에서 잠들어도 좋겠다고 생각했다.

나만큼 그곳에 같이 가고 싶어하던 친구와 함께 계획한 여행이었다. 한국으로 돌아오기로 한 날, 공항에서 친구에게 말하고 있었다. 미안, 나는 조금 더 있다가 가려고, 언제가 될지는 모르겠지만. 처음으로 친구와 포옹하고는 나 좀 응원해줘, 라는 말을 하고 싶었던 나라. 내 비행기표는 친구 손에 건네주고 그 표가 나라고 생각하고 같이 가라는 말을 하고 싶었던 나라. 여행이 길어져서요 죄송하게 됐습니다는 메일을 보내면서도 어딘가 짜릿한 자유가 느껴지는 그런 것.

난 혼자가 되는 게 두려웠던 적은 없었다. 혼자가 된다면 바람에 말을 걸고 나뭇잎이 떨어지는 소리를 듣다가 바다를 보며 울면 그만이다. 멋없게 사는 것과 현실에 굴복하고 지워지지 않는 기억이 나를 괴롭히는 게 두려웠을 뿐이다. 이름 모를 불안 때문에 지진이라도 난 것처럼 마음이 흔들리는 게 싫을 뿐이다. 차라리 모르는 길거리를 헤매는 것이 낫다. 하나도 알 수 없는 사람 마음속에서 길을 잃는 것보단 차라리 이름 모를 강변에서 며칠을 약 없이 앓아눕는 게 낫다. 사랑한다는 이유로 꽉 껴안아서 부서지게 만드는 것보다는.

그렇게 가고 싶었던 곳인데 결국 떠나지 못했다. 전 세계가 전염병 때문에 홍역을 앓고 있어서였다. 어떻게든 갈 수 있을 거란 희망도 며칠 전 새벽 다섯시 십오분에 사라졌다. 이번 여행을 준비하면서 같이 떠나기로 한 친구와 나는 정말 정반대의 사람이라는 걸 알 수 있었다. 결항되면 다음 비행기표를 자동으로 예약해주는 시스템을 보면서 난 어떻게든 갈 수 있을 거라며 메일함은 열어보지도 않았고 친구는 걱정되는 마음에 여기저기에서 정보를 얻었다. 여행 떠나기 며칠 전까지 나는 새로 산 트렁크도 열어보지 않았다. 비닐도 뜯지 않은 채로 거실에 두었는데 친구는 며칠 전부터 짐도 싸고 여행자 보험도 들고 환전까지 마쳤다. 난 그 모든 걸 출국 예정일 사흘 전까지 하지 않았다.

여행의 경험 차이일지도 모르겠으나 애초에 우리 둘은 성향이 달랐다. 난 손이 긁혀도 그냥 다니는 사람이라면 친구는 어디 가면 면도기부터 칫솔까지 다 챙기는 사람이었다. 친구는 그곳에서 머무는 동안 유용한 정보를 다 알아 두었다. 예를 들면 설거지 같은 것들. 우리나라에서는 물로 헹구고 거품으로 닦고 다시 물로 헹구는 순서를 거치지만 그곳은 물에 석회질이 많아서 마지막에 물로 헹구고 난 다음 행주로 닦아낸다. 비단 이것뿐일까. 오랫동안 머물렀다면 나와 다른 것을 수두룩하게 봤을 것이다. 같이 떠나기로 한 이후의 준비 과정부터 그렇게나 달랐는데 말이다. 이 글을 읽는 누군가는 프랑스가 뭐가 좋다고 이렇게 애착을 가지느냐고 할지도 모르겠다. 이국을 돌아다니다가 공원에서 잠드는 생각은 어디서 나왔는지 궁금해할지도 모르겠다. 나에게 적당한 기회가 온다면 잠시 다녀온다는 말로 영원히 떠날 것이다. 가고 싶었던 곳으로 말이다. 이 모습도 누군가가 이상하게 볼지도 모르겠지만 원래 내 기준으로 세상을 바라보면 세상은 이상한 것투성이다.

갑자기 걸려온 전화

누나랑 같이 하던 카페를 작업실처럼 쓰다가 정리한 뒤에 홍은동에 작업실을 얻었다. 아쉽게도 집이랑 가깝고 더 넓은 공간이 필요해서 계약 기간이 끝나자마자 망원동으로 옮긴 지도 벌써 일 년이 지났다.

할머니는 내가 짐을 빼는 날 말씀하셨다. 책 잘되면 한 번 꼭 찾아와. 그뒤로 나온 책이 생각보다 성과가 좋지도 않았고 여전히 내 글이 부끄럽다고 생각돼서 찾아뵙지 못했다. 당시 할머니가 사정이 안 좋으시다는 말에 보증금을 나중에 받기로 했었다. 몇 개월 뒤 보증금 돌려준다며 걸려온 전화를 끝으로 연락이 끊겼다. 그래왔던 것처럼 그립지 않은 건 아니었으나 먹고사는 일이 우선이었다.

시간은 그렇게 망원동으로 작업실을 옮긴 지 일 년이 지날 만큼 흘렀다. 새로운 글을 쓰려고 작업실에서 벗어나 동해에 있는 민박집에서 며칠 머물 때였다. 같이 간 친구와 바다가 보이는 카페에서 글을 쓰려고 앉아 있었다. 아무것도 떠오르지 않아서 이러다 영영 글을 못 쓸지도 모른다는 불안감에 바다로 뛰어들고 싶던 오후였다. 해는 쨍쨍했고 바다는 미울 정도로 아름다웠다. 아무것도 적혀 있지 않은 빈 종이만 바라보고 있을 때 전화가 울렸다. 홍은동 할머니였다.

"네, 할머니 잘 지내셨죠?"

"그래 근호야. 연락처 정리하다가 생각나서 전화해봤다."

"전화 못 드려서 죄송해요."

"괜찮아. 사는 게 다 그렇지. 어디니?"

"강원도에 와 있어요."

"글 쓰러 갔구나. 그렇게 순한 곳에 있으면 잘 써지지. 너는 착해서 잘될 거야. 장가갈 땐 꼭 연락해야 한다. 할머니가 다른 건 다 잊어도 너는 안 잊는다. 그래 끊어."

할머니랑 했던 가장 긴 통화였다. 뭐 해드린 것도 없는데 이렇게 전화까지 해주시는 모습을 보면서 대뜸 물어볼 뻔했다. 할머니, 저한테 왜 이렇게 잘해주시는 거예요? 일 년 만에 전화해서는 너는 착하니까 다 잘될 거라니. 안 그래도 사는 게 마음처럼 되지 않아서 아름다운 바다를 미워할 정도로 엉망진창이었는데. 갑자기 전화해서는 다른 건 다 잊어도 나는 잊지 않는다니. 처음 만나는 날도 그러셨었지. 어른들이 으레 하는 것처럼 가족관계를 묻다가 대뜸 그러셨지. 이렇게 잘 컸는데 못 봐서 어떡하냐고. 이렇게 잘 자랐는데 슬퍼서 어떡하냐고. 살아야겠다. 하루만 더 살아야겠다. 갑자기 온 전화에서도 나를 응원해주는 사람이 있으니 살아야겠다.

느려서 편지

처음 편지를 쓴 건 어린이집에서였다. 종이를 한 장씩 나눠주고는 쓰고 싶은 말을 쓰라고 했다. 아무것도 없는 하얀 백지 위에다가 처음 쓴 말은 엄마 사랑해요였다. 빈 종이 위에 적고 싶은 건 사랑이었다. 비록 ㄹ을 반대로 써서 절절하기보단 귀여운 편지가 됐지만. 알 수 없는 그림과 사과도 하나 그려 넣었다. 그게 내가 쓴 첫 편지다. ㄹ을 반대로 쓰던 아이는 자라서 편지를 쓰면서 밥 벌어 먹고살고 있다. 누구에게나 시작은 그랬겠지만 나는 앞으로 내가 얼마나 편지를 좋아하게 될지 몰랐다. 생각해보면 사람들 앞에 설 때면 얼굴이 빨개지고 숨이 막힐 정도로 가슴이 뛰었다. 게다가 부끄러움도 많고 낯도 많이 가렸다. 그런 나에게 편지는 말보다 훨씬 편한 도구였다.

덕분에 세상에 나라는 사람도 살고 있다고 소리친 첫 책 제목도 『비밀편지』다. 첫 책을 내고 주변 사람들에게 알렸을 때 나를 알아주던 사람들은 잘 어울린다고 말했다. 그들에게 줄곧 편지를 쓰고는 했으니까. 누군가가 멀리 여행 간다며 필요한 게 있냐고 물어볼 때면 늘 같은 대답을 한다. 그 나라에서만 살 수 있는 엽서나 편지지를 보게 된다면 몇 개 좀 사다줄 수 있냐고. 받는 사람 적는 곳에 쓸 이름도 없으면서 편지지를 모았다. 언젠가 사랑을 쓸 날이 올 거라는 생각이었다.

안 좋은 일이 겹쳐서 도망가듯 외국으로 떠난 적이 있었다. 추운 나라였지만 옷보다는 책을 더 많이 챙겼다. 추워도 외롭기는 싫었다. 그리고 그 책들 사이에는 몇 번이고 읽고 싶은 편지 두 개도 들어 있었다. 나를 응원하고 나를 이해하고 나를 안쓰럽게 보는 편지였다. 얇은 옷가지 때문에 겪는 추위와 마음의 빈곤으로 겪는 몸살이 느껴질 때면 편지를 꺼내 읽었다. 가만히 몇 장을 읽다보면 마치 뜨거운 물로 오래 몸을 적신 것처럼 온몸이 따뜻해졌다. 편지의 속성 때문인지도 모른다.

보통 편지를 쓸 때는 대상을 앞에 두고 쓰지 않는다. 대상이 없는 공간에서 그 대상을 떠올리며 쓴다. 한발 멀리서 썼기 때문일까. 대부분의 편지는 같은 뜻을 담고 있다. 고맙고, 미안하고 사랑한다는 이야기. 당신이 밉다고 말하려고 편지를 시작했지만 결국 마지막은 사랑한다고 썼던 기억이 있다. 편지를 받는 일이 기쁜 것은 나도 모르는 시간에 나를 생각해줬다는 사실 때문이 아닐까. 그리고 그 마음이 글자에 그대로 묻어났기 때문에 편지를 읽을수록 마음이 따뜻해지는 게 아닐. 세상이 변하는 속도만큼 관계와 사랑도 빠르게 흘러간다. 그래도 마음을 전하는 일만큼은 편지처럼 느려도 좋겠다.

숲과 산

한 사내가 있었습니다. 겁이 많기로 유명한 사람이었지요. 어느 정도였냐면 아이들이 어떤 장난을 칠 때면 항상 맨 끝에 있던 사람이었습니다. 그게 무엇이든지요. 저녁이 찾아오면 사내가 제일 먼저 하는 일은 집안에 있는 문이 잘 잠겨 있나 확인하는 거였습니다. 창문부터 뒷마당으로 난 문까지 모두 다 확인하는 건 언제나 사내의 몫이었죠. 어찌나 겁이 많던지. 새벽녘 잠에서 깰 때면 다시 잠들지도 못하고 아무것도 나오지 않는 티브이를 틀어놓던 사람이었습니다.

그런 사내가 용감해지는 순간이 있었습니다. 누군가를 좋아하는 일이었습니다. 자신이 좋아하는 소녀를 괴롭힌다는 이유로 덩치가 몇 배나 큰 친구에게 주먹을 날리는 것쯤은 하나도 두려워하지 않았습니다. 물론 상대가 되진 않았습니다. 멍이 얼굴에 번져갈지언정 사내는 다음날 덩치 큰 친구를 찾아가 또 주먹을 날렸죠. 자신이 좋아하는 소녀에게 사과할 때까지요. 얼굴이 도대체 왜 그러냐는 가족의 말에 자주 넘어진다는 핑계를 대고는 했습니다. 마침내 덩치 큰 친구를 이기는 날이 찾아왔습니다. 포악했던 그가 소녀에게 사과할 때 소녀는 사내를 고맙게 바라보았지만 사내는 땅만 바라본 채로 귀가 빨개지던 사람이었습니다.

낭만은 아픈 사람의 몫이었던가요. 누군가를 좋아하는 일은 사내가 생각했던 것과 달랐습니다. 사내는 자신이 대하는 만큼 세상에 존재하는 인간은 모두 사랑을 그렇게 대할 거라 생각했습니다. 어른이 되어갈수록 그런 사랑은 희미해져갔죠. 습관 같던 사랑은, 용기 같던 사랑은, 어떤 멍 같던 사랑은 그렇게 사내를 괴롭혔습니다. 그래서 떠난 겁니다. 사내를 아는 사람이 아무도 없는 곳으로요. 그곳에서 며칠 머물다가 일상으로 돌아왔을 땐 포악한 사랑을 하겠다고 다짐했습니다.

그곳에는 작은 산이 있습니다. 어떤 꽃의 이름을 따서 지은 산인데 아무리 봐도 그 꽃은 보이지 않는 이상한 산이었습니다. 사내는 문득 궁금해지기 시작한 겁니다. 보이지도 않는 꽃으로 산 이름을 지은 건 어떤 이유였을까. 걷기 시작했습니다. 오후 네시였습니다. 산으로 들어가는 입구는 온통 폐허였습니다. 길을 안내하는 표지판이 있었지만 길이 아닌 것 같은 길이었습니다. 사내는 겁이 많은 사람이었으니 몇 번을 서성였습니다. 멀리서 바라본 숲은 들어가서는 안 될 곳처럼 비범했으니까요. 뒤돌아가려는 순간 표지판 옆에 작은 길 하나가 보였습니다. 그 길은 가야만 할 것 같은 길이었습니다.

사내는 숲을 걷기 시작합니다. 산을 걷는 것인지 숲을 걷는 것인지 그 두 가지의 차이점이 무엇인지 생각할 때쯤 몇 사람을 스쳤습니다. 숲의 초입은 괜찮았습니다. 저녁에 가까워질수록 더욱 빛나던 빛은 숲속을 동화의 한 장면처럼 비춰주고 있었습니다. 알 수 없는 소리와 어떤 돌담처럼 빽빽한 숲 사이를 걸었습니다. 얼마나 걸었을까요. 사내는 문득 두려워지기 시작합니다. 자신도 모르는 사이에 너무 깊게 들어왔다는 생각과 그 생각은 오해가 아니라는 듯 어느새 어두웠습니다. 사내는 달리기 시작합니다. 두렵습니다. 지금이라도 늦지 않았다며 무작정 달리기 시작합니다. 그렇게 방향마저 잃게 된 것입니다.

어둠이 내려오기까진 오래 걸리지만 한 번 내려온 어둠은 금세 숲을 덮쳤습니다. 아름답게 들리던 소리는 두려운 소리가 되었고 시원하던 숲은 한기를 뿜었습니다. 사내는 주저앉았습니다. 어디로 나가야 하는지 도무지 알 수가 없었기 때문이죠. 사내가 택한 건 꼼짝 않고 가만히 있는 것이었습니다. 뒤편을 가려줄 바위에 기대 세상에 자신이 존재하지 않는다는 것처럼 미동도 하지 않는 것이었습니다. 오직 바라보는 건 정면이었습니다. 저항하기에 어둠은 짙었고 산은 거대했으니까요. 형태가 있으면 싸울 수라도 있지 형태가 없는 두려움 앞에서 사내가 택한 건 그저 시간이 흐르길 바라는 마음이었습니다.

새벽은 고열을 앓던 환절기처럼 괴로웠습니다. 그래도 다행이었던 것은 숲은 일찍 어두워진 만큼 일찍 밝아온다는 사실이었습니다. 시간은 부당하지 않게 흘러 어둡던 숲속에 푸른빛이 찾아왔습니다. 코앞까지밖에 안 보이던 숲이 저만치 보이기 시작하자 사내는 다시 걷기 시작합니다. 내려가야 하는 시간이었으니까요. 이젠 길을 잃어도 다시 어둠이 찾아올 때까지 한참 걸릴 테니 사내는 천천히 걷기 시작합니다. 먼발치에 있는 곳에서 유독 새소리가 강하게 들리고 있었습니다. 그곳으로 가는 길은 딱히 보이지 않았지만 사내는 날이 밝았다는 핑계로 길을 만들어 그곳으로 향합니다.

사내는 알 수 있었습니다. 왜 그 산이 한 번도 보이지 않던 꽃으로 이름을 지었는지요. 누구나 쉽게 올 수 없을 것 같던. 길이 아닌 길로 와야만, 길을 잃어야만 보이는 곳에 울컥할 정도로 빨간 꽃잎이 가득했습니다. 그곳에 있는 모든 바람과 꽃잎, 흙은 사람이라는 존재를 처음 본다는 것처럼 빤히 사내를 쳐다보았습니다. 사내는 자신도 모르게 떨어진 꽃잎 몇 장을 줍고는 깊게 향기를 맡습니다.

더 길을 잃어도 좋겠다 싶을 때쯤 사람의 말소리가 들리기 시작했습니다. 사내는 그만 일렁이는 장면에서 나와 사람들이 걸어올라오는 반대 방향으로 내려가기 시작했습니다. 길은 누가 보아도 산 아래로 내려가는 길처럼 반듯했습니다. 사내는 그렇게 한참을 걸어 숲을 빠져나왔습니다. 사내는 숲을 빠져나오고 나서야 알았습니다. 자신이 산을 올랐던 길과는 정반대 방향으로 나왔다는 것을요. 거대한 산

하나를 관통했다는 사실을요. 사내는 남들은 보지 못할 곳에서 주워온 꽃잎의 냄새를 한번 더 맡았습니다. 달큼했습니다. 오랜 수첩에 꽃잎을 끼워넣으며 문장 하나를 적었습니다. 아무도 없는 숲에 덥석 들어가는 게 누군가를 좋아하는 거라면 그 숲에서 길을 잃어도 좋겠다는 마음마저 품는 건 사랑일 거라고요. 사랑할 수 있을 것만 같은 아침이었습니다.

미친 이별

1판 1쇄 2020년 6월 19일
1판 3쇄 2020년 7월 28일

지은이 박근호

책임편집 이희숙 **편집** 박선주 이희연
디자인 김선미 **제작** 강신은 김동욱 임현식
마케팅 송승헌 이지민 **홍보** 김희숙 김상만 지문희 우상희 김현지

펴낸이 이병률
펴낸곳 달 출판사
출판등록 2009년 5월 26일 제406-2009-000034호

주소 10881 경기도 파주시 회동길 455-3
✉ dal@munhak.com
🐦 f ⓘ dalpublishers
전화번호 031-8071-8682(편집) 031-8071-8671(마케팅)
팩스 031-8071-8672

ISBN 979-11-5816-113-2 03810

• 이 도서의 국립중앙도서관 출판예정도서목록(CIP)은
  서지정보유통지원시스템 홈페이지(http://seoji.nl.go.kr)와
  국가자료종합목록 구축시스템(http://kolis-net.nl.go.kr)에서
  이용하실 수 있습니다.(CIP제어번호: 2020022507)